Kadokawa Fantastic Novels

無職轉生

到了異世界就拿出真本事

23

理不尽な孫の手

Rifujin na Magonote

艾莉絲
魯迪烏斯
希露菲葉特
露西
齊格哈爾德
洛琪希

七星
佩爾基烏斯
佐爾達特
莎拉
人物介紹

期許他能健康地突破自我，成為一名強壯、聰穎，溫柔的孩子，
吾將此嬰兒命名為……
「薩拉丁」。

無職轉生 23

到了異世界就拿出真本事

理不尽な孫の手
Rifujin na Magonote
插畫：シロタカ

Kadokawa Fantastic Novels

無職轉生～到了異世界就拿出真本事～㉓

CONTENTS

「不幸是由細枝末節的小事開始。」

I don't need anything special happily.

著：魯迪烏斯・格雷拉特

譯：金恩・RF・馬格特

第二十三章

青年期

第一話「綠色嬰孩」

★希露菲葉特觀點★

我曾作過一個夢。

那是在魯迪前去王龍王國的時候。

在夢裡，有位小孩正在哭泣。

哭泣的是一名有著綠髮的小孩。

周圍有莫名的黑影。而那群黑影圍著小孩，朝他扔著猶如黑塊的物體。儘管小孩很努力地試圖逃走，然而黑影卻始終窮追不捨。

可是，小孩移動的前方，有一道光。

當小孩接近光源，那道光便朝著圍住小孩的黑影扔出光球，逼退了它們。

那道光溫柔地包裹小孩，於是小孩便安心睡著了。

看到這個夢境時，我認為這是以前的夢。

我以前遭到村裡小孩霸凌時的夢。

事到如今居然還會作這種夢，可見我真的是非常喜歡魯迪呢。

當時的我這樣認為，在被窩裡像個少女般捲起身子。

後來過了幾個月。

在魯迪去魔大陸的這段期間，我又作了類似的夢。

可是，這時有點不同。

一個綠髮小孩出現在夢裡。

然而，那張臉卻不是我，而是魯迪的長相。

有著魯迪長相的綠髮小孩，遭到黑影追趕。

而且，逃走的小孩所前往的方向，不知為何並沒有光。我慌張地衝向小孩，打算保護他不被黑影襲擊。夢裡的我無法使用魔術，所以空手亂揮試圖消滅黑影。

可是黑影糾纏不休，始終沒有消失。小孩在我的懷裡不斷發抖。

作了這個夢時，我感到不安，想說可能是魯迪出了什麼事。

難道他受傷了？或者是被誰囚禁了？

艾莉絲和洛琪希明明在他身邊啊……

萬一真是那樣，我該如何行動？我認真思考了這件事。

結果，他在當天就回到家裡，不安也因此消失，可是……

相對的，卻湧起了其他的不安。

隆起的腹部。會不會是在肚裡的孩子所作的夢？

可是，我立刻就認為那是杞人憂天。

魯迪絕對會保護孩子。這孩子不可能沒有光。只是在懷孕期間稍稍變得有些緊張而已，我是這樣認為。

我立刻就忘了這個夢。

然後，魯迪從魔大陸回來了。

我試著詢問他小孩的名字。

他說會想想之後過了六個月。

雖然出生之後再問他也行，但如果他又要出門遠行，自然想先問個清楚。

「……抱歉，關於名字，其實我還沒想。」

此時，我的腦裡浮現了那個夢境。

遭到黑影團團包圍，沒人願意救他的那個孩子。

我同時也湧起一個想法。該不會這個孩子並不會受到魯迪疼愛？

不，不可能有那種事，雖然我立刻就這樣想，可是——

當天晚上，我果然作夢了。小孩在我觸手不及的遠處，遭到黑影團團包圍。我拚命衝過去試圖救他。

可是，卻沒能趕上。

當我抵達時，黑影消失無蹤，小孩已經死了。

清醒時，我渾身是汗。

只不過是夢。只是因為我感到緊張罷了。

我希望自己這樣認為。可是，不管怎麼樣，依舊有許多思緒在我腦海打轉。

萬一真的生出了綠髮的小孩……那孩子肯定會遭到迫害。就如同我曾經歷過的那樣。我當時的狀況，頂多是遭到附近的小孩霸凌，然而我的孩子不一定會有同樣境遇。他說不定會經歷更過分的遭遇。

當然，就算頭髮是綠色，魯迪也一定會保護他。不管是艾莉絲，還是洛琪希也是如此——沒錯，我其實心知肚明，然而不安情緒卻始終無法消失。

出乎意料的是，很快就找到了答案。

我知道的。拉普拉斯的因子。我的髮色之所以會是綠色的理由。

魯迪有一陣子，也曾對這部分的事情感到有些不安。

萬一生下來的孩子是拉普拉斯——我不禁這樣想。

魯迪會怎麼做？雖然現在的目的有些不同，但魯迪為了八十年後與拉普拉斯戰鬥，正在召集戰力。

萬一我的孩子就是拉普拉斯，那麼魯迪至今所做的一切……

……該怎麼辦？

我絕不是懷疑魯迪。我當然相信他。

可是，該怎麼辦？

我想要怎麼做？

我腦海反覆思考這件事，導致夜裡總是輾轉難眠。

最後，我下了一個結論：「可是，也不一定會生出綠髮的小孩」。

只要不是綠髮就行。

然而，卻是綠色。

★魯迪烏斯觀點★

我將嬰兒取名為齊格哈爾德。

女兒露西與莁莁是根據父母名字命名，兒子亞爾斯是用了從前勇者的名字，於是我參考前世聽過的不死之身英雄，齊格弗里德來取名。

起初是打算直接沿用，但由於拉諾亞普遍取名「某某哈爾德」這個名字，所以才臨時變更。

小名是齊格。

齊格看起來是個普通的孩子。

愛哭且愛睡。大小便也很正常。

至少比起不怎麼哭的菈菈，或是我一抱起來就會嚎啕大哭的亞爾斯來得普通許多。

應該不是轉生者……不，不用講得那麼拐彎抹角。

他看起來並非拉普拉斯。

「我是這樣認為的……請問您覺得我家的孩子如何……」

阿爾曼菲出現，收到佩爾基烏斯的傳喚後很快地就過了三天。

現在時刻是深夜。坐在我面前的，是奧爾斯帝德。

我與他之間有個搖籃，齊格正在裡面睡得香甜。

儘管剛才都還在哭，但沒一會兒就睡得很熟。

不知道是不是我多心，奧爾斯帝德看起來也很睏。

順帶一提，艾莉絲站在奧爾斯帝德的身後。明明不需要那麼防備，她卻把手放在腰間的劍上。

「……你沒聽懂我說的話嗎？」

「不，當然，我當然明白，也相信您說的話！拉普拉斯還沒出生，既然如此，我家小孩自

然不會是拉普拉斯！嗯，當然！我很明白這個道理！」

「……」

「不過該怎麼說，您之前不是也說過嗎？由於帕庫斯死去，如今已經沒辦法預測拉普拉斯會在何處出生。既然這樣！畢竟我的存在產生了許多變數，所以拉普拉斯是不是也有可能，因為人神的關係……而出生在這個時代這樣～……」

聽到我講得虎頭蛇尾，奧爾斯帝德嘆了口氣。

他的表情在說：「難道我非得再說明一次嗎？」。

「由於帕庫斯死去，如今已經無法得知拉普拉斯出生的場所……但是，拉普拉斯的因子尚未收束。如果是五十年後還有可能，但拉普拉斯不會現在就立刻復活。無論如何都不可能。」

我不記得他有說過收束之類的話啊……

可是，若是要相信這番話……

「換句話說，這孩子是？」

「只是可愛的嬰兒。」

奧爾斯帝德嘴上這樣說，同時試圖將手伸向齊格，此時他聽到了艾莉絲將劍推出劍鞘的聲音，打消了這個念頭。

明明摸個頭又沒什麼關係，太過保護啦艾莉絲小姐……

「那麼，這個綠色的頭髮是？」

齊格的髮色是綠。與希露菲從前的髮色很相像。

因為是嬰兒，頭髮還很鬆軟稀疏，但確實是綠色。

「就只是綠色罷了。可能是因為拉普拉斯的因子，或是單純的遺傳……如此而已。」

只是綠髮的嬰兒……是嗎？

「這孩子不是拉普拉斯。這點我保證。」

「……謝謝您。」

儘管嘴上道謝，但仍舊有點不放心。

奧爾斯帝德也並非完美無缺。雖說在之前的輪迴是這樣，但這次輪迴的意外狀況特別多。

目前為止，奧爾斯帝德也已經有好幾次出錯。

所以，佩爾基烏斯在詳細調查後，發現齊格其實是拉普拉斯，就打定主意殺掉他——或許也有演變成這樣的可能性。再不然，佩爾基烏斯也有可能誤判。

畢竟人的所作所為沒有絕對。

哪怕那個人被歌頌為多麼出色的英雄也是如此。

「可以的話，是否能麻煩您陪我一同前往佩爾基烏斯大人那裡？這樣萬一他說小孩或許是拉普拉斯，我希望您能出面幫我保護孩子，不知您是否方便？」

「…………好吧。」

奧爾斯帝德又嘆了口氣。

他的表情就像是在表示「明明這麼做也是白費工夫，為什麼這個男的會這樣提案？」。

明明只是自己感到不安，卻要奧爾斯帝德陪著過去，我也覺得過意不去啊。

可是啊，嗯。果然人就是會犯錯的生物。

不管怎麼樣，只要有奧爾斯帝德站在身後，佩爾基烏斯也不會採取強硬手段。因為我的背後可是有奧爾斯帝德大哥撐腰啊！

好，解決了。

至少關於這件事暫時有了對策。

「……」

「你看起來愁眉苦臉。還有什麼事嗎？」

「嗯……」

孩子出生後，希露菲就顯得委靡不振。

儘管表面上表現得一如往常，但經常會看到她垂頭喪氣。

或許她是對自己生出了綠髮孩子感到自責。

當然，所有家人都不介意。唯獨洛琪希似乎能稍稍明白她的心情，偶爾會看到她在開導希露菲的場面。

可是，希露菲依然是無精打采。

雖說我也盡其可能地安慰過她，但依然不明白該怎麼做才能挽回希露菲的笑容。

「不過，那是家庭方面的事。」

「這樣啊。那麼，你何時要去佩爾基烏斯那裡？」

「我想等希露菲身體狀況穩定一點後再去。」

我已經拜託阿爾曼菲先等一陣子。

我的說詞是孩子才剛出生，不可能立刻過去。

阿爾曼菲只簡短說句：「了解。」就匆匆離開。

但畢竟佩爾基烏斯以最快時機派人出現……想必他已等得不耐煩了吧。

奧爾斯帝德說孩子不是拉普拉斯。

話雖如此，單方面地宣告此事，佩爾基烏斯勢必不會接受。只要他沒有親眼驗證……

儘管有許多事情都很為難，還是找希露菲也去一趟吧。雖然是我的猜測，但這樣比較好。

★★★

經過了二十天。

孩子目前沒有問題。反而該說非常有精神。

至於希露菲這邊，儘管身體狀況已經穩定，但情緒依舊低落。表情始終悶悶不樂。

然而，她白天總是緊緊將孩子抱在懷裡，經常掛著一臉糾結表情，就像是在表示不會將這

孩子交給任何人。

「希露菲，我打算讓佩爾基烏斯大人看看齊格。」

我如此向她提案，希露菲一臉震驚地抱住了齊格。

「…………不要。」

她柔弱的態度，簡直就像是回到了年幼時期。

然而她的表情，卻不是從前面對我的表情。而是面對欺負她的小孩時的表情。

「為什麼……要說那種話……？」

「必須讓佩爾基烏斯大人，明白我們的小孩並不是拉普拉斯。」

希露菲低下了頭。

「…………萬一他是拉普拉斯，該怎麼辦？」

「咦？不會啦，奧爾斯帝德大人也說過他不是拉普拉斯……」

「可是，他也有可能會搞錯吧……？」

奧爾斯帝德也並非完美無缺。

也有可能是因為齊格太過可愛，讓奧爾斯帝德隱瞞了他是拉普拉斯的事實……

雖然我不這樣認為……

「到時候……」

「到時候？」

「哪怕是擊毀空中要塞，我也會保護齊格。」
希露菲聽到這句話，又低下了頭。
然後，以氣若游絲的聲音，低喃了一聲：「嗯。」

然後，我們前往了空中要塞。
成員是我，加上抱著齊格的希露菲、艾莉絲與奧爾斯帝德，順便帶上了札諾巴。
判斷要把札諾巴帶來，是因為我認為有個容易說服佩爾基烏斯的傢伙在比較妥當。
「歡迎各位蒞臨。」
看到我們一行浩浩蕩蕩前來，希瓦莉爾的反應依舊沒變。
首先，是對札諾巴、艾莉絲以及希露菲由衷表示敬意。
對我只有表面上的尊敬。對奧爾斯帝德則是露出不悅態度。
一如往常。
雖然我認為這個人最好稍微隱藏一下自己的想法，別表現得那麼明顯……但要是說了，她也只會說空中要塞 Chaos Breaker 並不是服務業，對我發脾氣而已。
「那麼請跟我來。佩爾基烏斯大人已經久候多時。」

然後，我們順著一如往常的路線，前往晉見之間。

沒有對話。希露菲在我旁邊抱著齊格，戰戰兢兢地走著。

彷彿是在保護她似的，一直將手按在劍柄走著的艾莉絲。

在後方並肩走著的，是聽說了狀況後神情有些緊張的札諾巴，以及戴著頭盔看不見表情的奧爾斯帝德。

我們維持這個隊列，穿過從前札諾巴曾讚不絕口的大門。

可以從希露菲與齊格身上看見白色粒子的幻影。想必我身上也有發出。

覺得有些不可思議的是，奧爾斯帝德通過時並沒有發出。是因為他身上沒有拉普拉斯的因子嗎？

「……」

希瓦莉爾默默地望向這邊。她沒有特別說什麼，流暢地帶著我們前進。

從她沒有特別反應的這點來看……

「看吧，希露菲，果然不是啦。」

「……嗯。」

話雖如此，只是沒有反應，並不能稱為不動如山的鐵證。希露菲的反應也很平淡。

希瓦莉爾頭也不回地持續往前走。

我們通過陳列著雅緻裝飾的走廊，站在氣派大門面前。

重新觀察，才發現這扇門也是品味十足。是因為我參觀過世界各地的城堡嗎……如今的我很明白札諾巴會對這座城堡讚不絕口的理由。

不過要是現在說出口，應該只會被認為是在阿諛奉承吧。

希瓦莉爾打開了那扇豪華大門。

「請往前。」

我們依照希瓦莉爾的指示，走進晉見之間。

呈現在眼前的，果然是一如既往的光景。

猶如大樹般的柱子，巨大裝飾品。描繪著人族與龍族紋章的布條。站在絲絨地毯兩側，戴著面具的十二名男女。

坐在王座的是銀髮龍王。

金碧輝煌，莊嚴肅穆，甚至會令人感到神聖的光景。

如此水準的晉見之間，即使找遍世界各處也絕無僅有。

接著只要希瓦莉爾加入其中就完美……奇怪？怎麼多了一個？

啊，原來是七星混在裡面啊。那傢伙在搞什麼？玩精靈家家酒？

「來了啊，魯迪烏斯。」

「是。別來無恙，佩爾基烏斯大人。」

我站著鞠躬致意。

希露菲、艾莉絲與札諾巴雖然跪下行禮，但我依然站著。

其實我最好也一起下跪，但是身為奧爾斯帝德的部下，不能顯得過於卑躬屈膝，這是我最近的心得。

果不其然，希瓦莉爾露出不悅神情，但佩爾基烏斯並沒有特別說什麼。

只不過，今天的他看起來很不開心。

「你倒是讓吾等了很久啊。」

「……因為我的孩子才剛出生。」

「吾聽阿爾曼菲說過。所以才願意等待。若是因為其他無謂的理由，吾可不會輕饒。」

並沒有說小孩出生是細微末節的小事而不聽解釋。果然寬宏大量。

可是，他看起來依然很不開心。用手指不斷地敲打王座的龍頭扶手。

「看你的表情，似乎知道這次傳你過來的理由吧。」

「是。」

「而且看這個成員，是打算話不投機便放手一搏對吧？這份覺悟值得嘉許。」

「……是。」

佩爾基烏斯露出苦澀神情，瞪視奧爾斯帝德。

儘管奧爾斯帝德戴著黑色頭盔看不見表情，但肯定是與平常無異的猙獰面孔。

真可靠。

「可是，佩爾基烏斯大人，我認為並不一定會交戰。」

「哦！你認為不會開戰嗎！這樣啊，意思是你對自己的辯解很有自信嗎！」

「這我並不清楚。可是，畢竟我們也沒有戰鬥的理由……希露菲。」

我吩咐希露菲起身，讓佩爾基烏斯看她抱在懷裡的小孩。

「請看。這是我第四個孩子。」

「……那又如何？」

「事情很單純。以前佩爾基烏斯大人不是這樣吩咐過嗎？要是我與希露菲的兒子出生，就把他帶過來。」

佩爾基烏斯停住動作。一臉不耐地敲打著扶手的指頭也跟著停下。

我不以為意地繼續說下去。

「我也麻煩奧爾斯帝德大人確認過了，這孩子並不是拉普拉斯。然而，若佩爾基烏斯大人沒有親眼證實，想必也不會接受才是。就我的立場，也曾想過或許不須多此一舉，但為了今後與佩爾基烏斯大人維持友好關係，我認為姑且還是得讓您過目。」

「……」

佩爾基烏斯保持沉默。

「只不過，假如奧爾斯帝德大人的判斷失準，這孩子就是拉普拉斯，到時……」

「……到時？」

「我會戰鬥。」

佩爾基烏斯挑起眉毛。

「你不是為了在八十年後與拉普拉斯戰鬥，奔走各地號召伙伴嗎？」

「是。」

「但你卻說要為了保護拉普拉斯而戰？」

聽他這樣一說，確實很矛盾。

即使知道這孩子是拉普拉斯，我也要保護他。

會導致這幾年來所做的一切行動，完全變成白費工夫。

「萬一這孩子長大成人，真的與人族挑起戰爭，到時……我會透過為此準備的一切做出對應。」

「意思是你不打算事先摘除幼苗？」

「……是。」

要是我的兒子是拉普拉斯。

儘管我認為這種事很可怕，卻始終沒有深入思考。

八十年後，拉普拉斯會發動戰爭。

為了應對這點，盡可能減輕奧爾斯帝德的負擔，我奔走各國呼籲此事。要是拉普拉斯現在，在這個瞬間出現，我勢必也會一同參戰。

但是，稍微思考一下吧。

比方說，是不是可以不發生戰爭？

是不是可以讓拉普拉斯恢復理智，不引發戰爭？

孩子（拉普拉斯）才剛出生，說服他的時間要多少有多少。

所謂教育，就是為了將來進行的準備。

只要將至今種種與將來一切告訴拉普拉斯，將他拉攏為奧爾斯帝德的伙伴……

不。

奧爾斯帝德說過。拉普拉斯非殺不可。

恐怕是為了取出所謂的龍族祕寶。既然這樣，奧爾斯帝德總有一天會殺死我兒子……可惡，根本是走投無路嘛。

不對，我冷靜點。

只要釐清思路依序思考，應該就能找出我想做的事情。

「無論何時，我都站在家人那邊。因為有人打算危害家人，所以我才成為奧爾斯帝德大人的部下。假如奧爾斯帝德大人打算危害我的家人，我也只有一戰。」

「就算原因出在你兒子身上，也在所不惜嗎？」

「……我打算好好地教導，讓他們能夠明辨是非。雖然孩子們還小，但我會保護他們到長大成人……起碼到十五歲。之後，如果他們無視我說的話……到時，我會負起責任應付。」

「哦，應付啊？具體來說，你打算如何應付？」

「……………盡可能重新教育他們。」

竭盡全力這麼做。假如沒辦法，就算是自己的孩子……不……

「你說不出……會動手殺了他們嗎？」

「無論他們會度過什麼樣的人生，會犯錯時就是會犯錯。我想給他們機會重新來過。」

我只能這樣說。

接下來的事情，不想從我的嘴裡說出口。

露西、菈菈以及亞爾斯與奧爾斯帝德為敵，遭到無情殺害的未來，我根本不願去想。

但是，即使我給予再出色的教育，不行的時候還是不行。

人不會按照他人的想法成長。

畢竟就連自己也有許多事情無法順心如意。雖說是小孩，我們也不可能隨心所欲地控制其他個體。

所以，我認為起碼該給個機會。這是妥協點。

「吾沒有子嗣，因此無法理解你的想法。撫養麻煩事情的幼苗，然後再親自剷除，這種想法無法理解。」

佩爾基烏斯這樣說完，笑了。

「但是，你是個為了保護妻子，甚至敢有勇無謀地挑戰奧爾斯帝德的愚蠢男人。無法理解也是理所當然。吾雖然無法理解……但明白你擁有堅定的信念。」

佩爾基烏斯起身離開王座，緩緩地走向這邊。

當他站在眼前，我自然地稍稍抬頭看著他。

「那麼，吾就給你機會，以及試練吧。」

「機會與試練？」

「帶著孩子，造訪位於亞爾切山丘的祠堂，接受洗禮吧。」

「亞爾切山丘……？」

沒聽過的地名。

我環視周圍，每個人都歪著頭。唯獨奧爾斯帝德沒有歪頭，但也看不見他的表情。不過我想他應該知道。

「七星，妳對這個決定沒意見吧？」

當我感到不知所措，佩爾基烏斯突然這樣說道。

我納悶為何會在此時提到七星的名字，然後望向她那邊。

「雖說我不太能理解狀況……但我受過魯迪烏斯不少關照，沒關係。」

七星嘆氣的同時也這樣說道。似乎對這個結果感到遺憾。

說不定她有什麼要事。否則也不會沒來由地就和精靈們並肩站著。

話雖如此，這是我家裡的一件大事。雖然過意不去，但還是讓我以這邊優先吧。

「那麼，佩爾基烏斯大人，剛才提到的亞爾切山丘，請問是在……？」

「自己去找……吾雖然想這麼說，就告訴你吧。反正奧爾斯帝德肯定也知道。」

「啊，是。不好意思。勞煩了。」

然後，佩爾基烏斯以宏亮聲音——

「在天大陸。」

說出我至今從未踏足的大陸之名。

第二話「前往天大陸的旅程」

天大陸。

以地圖來說位於最北端，是連接中央大陸與魔大陸的唯一大陸。

儘管以大陸命名，但土地不僅鄰接中央大陸，而且在退潮時也可以徒步橫跨魔大陸。

然而，這樣的土地為什麼會與中央大陸及魔大陸區別為不同的大陸呢？

原因在於高度。因為天大陸位於標高約為三千公尺的斷崖絕壁上方。

基本上不會有人群往來。

儘管打定主意要去也不是沒有辦法，但由於沒有像樣道路，斷崖絕壁上也棲息著許多有翼魔物，因此路程非常艱鉅。儘管我曾聽說在中央大陸遭到通緝，被賞金獵人追捕的罪犯為了要前往魔大陸，會沿著天大陸的斷崖絕壁移動，但似乎不可能活著抵達。

雖然我想大可從空中飛過去，但這個世界的天空是龍的領域。不僅是飛機，就連氣球都沒有普及。想來是因為人毫無防備地飛在空中是有勇無謀的舉動。

要把出生後一個月的嬰兒帶去那種場所？

根本就瘋了。

「如此這般，可以的話，還請告訴我連接到天大陸的轉移魔法陣在哪裡。」

場所是位於郊外的本公司事務所。

艾莉絲就站在我的身後。洛琪希與希露菲在其他房間與齊格待在一起。

由於暫時不會與佩爾基烏斯展開戰鬥，我請札諾巴先回去了。

「……」

奧爾斯帝德的表情依舊恐怖。

不過若真要分類，這是因為事情難以啟齒，煩惱該不該說時的恐怖表情。

既然如此，說不定連接到天大陸的轉移魔法陣並不存在……？

「要是使用轉移魔法陣，佩爾基烏斯是不會認同的。」

「喔喔，原來如此。」

經他這麼一說，我才想到佩爾基烏斯說過這是「試練」。

這項試練並不只是到天大陸的亞爾切山丘接受洗禮，恐怕也包含抵達該處的這段路程。

話雖如此，要經由陸路從這裡移動到天大陸，勢必得花上相當時間。

「轉移到天大陸附近也不行嗎？」

「如果是到附近應該沒問題。」

帶著嬰兒從天大陸的山腳登山，抵達山頂，再請待在那邊的人幫忙洗禮。

這就是整套試練嗎？

姑且不論路程，要帶去的是出生後未滿一個月的嬰兒。說不定身體會在途中出問題，更何況高達三千公尺，自然也有高山症的隱憂……

唔——感覺很嚴苛。

「唔——……」

不過正是因為這樣才算試練。

看樣子，我果然只能擊落空中要塞了嗎？

「奧爾斯帝德大人，您認為我有辦法帶著出生後才一個月的小孩，突破這項試練嗎？」

「嗯。」

「請問根據是？」

「他叫齊格哈爾德對吧？那嬰兒在肉體層面受到拉普拉斯因子的強烈影響。像這樣的小孩，對任何疾病與環境都擁有抗性。」

「啊，是這樣啊。」

「嗯，拉普拉斯為了讓自己轉生的肉體有辦法適應任何嚴苛的環境，在轉生術上下過苦工。若是擁有強烈因子的小孩，勢必也能承受移動到天大陸的旅程。」

這樣啊。

既然奧爾斯帝德這樣說，表示齊格應該不要緊吧。

只要我沒有犯下蠢事，讓揹在身上的嬰兒遭到岩鳥擄走。話雖如此，這部分應該會由到時一起去的艾莉絲與洛琪希確實彌補我的不足。

「該怎麼說，真的很抱歉。明明還有基斯的事情得處理，居然變成這樣……」

「我明白。」

「……很感謝您這麼說。」

「我還記得你為了守護家人，而毀滅掉一座森林。在拉普拉斯復活之前，可不能讓你破壞 Chaos Breaker。那也是重要的戰力。」

說來也沒錯。對奧爾斯帝德來說，不管我還是佩爾基烏斯都是戰力之一。要是我們自顧自地打起來消滅彼此，反而會令他困擾。

「不管怎麼樣，如果您能理解就再好不過了。我立刻開始著手準備。」

「嗯。」

決定好該做的事情後，我轉頭望去。

眼前是一如既往，環起雙臂站著的艾莉絲。

「艾莉絲，這樣妳沒問題吧？」

「我沒意見。」

艾莉絲狠狠地瞪了我一眼，最近很少看到這個舉動。

「不過，你最好先和希露菲好好談談。」

「……了解。」

沒想到會被艾莉絲這樣說，我不由得露出苦笑，卻也以正經態度點頭。

★希露菲葉特觀點★

我不知道該怎麼辦才好。

也不知道該要求誰做些什麼才好。

不僅如此，我甚至連自己想要怎麼做都不曉得。

不明白一切讓我感到痛苦。

魯迪說要讓佩爾基烏斯大人看看齊格時，我一瞬間心想，讓佩爾基烏斯大人帶走齊格說不定反而輕鬆，對此受到打擊。

所以，雖然是我的猜測，但是我認為自己並不是因為齊格可能是拉普拉斯才會有這樣的心情。

可是，要是有人問我在害怕什麼，對什麼事情感到不安，我也沒有頭緒。

我只是抱著齊格，瑟瑟發抖。

就算被命令去天大陸接受洗禮，我也沒有湧起自己的想法。感覺真的就像回到了從前。在布耶納村，受到其他孩子們欺負的那個時候。

當時，是魯迪救了我。他幫忙趕走欺負人的小孩，教導了我許多事情。包括魔術以及簡單的讀寫。

但這次又是如何？

魯迪會願意幫我嗎？

如果是小時候，如果是對一切一無所知的時候，我會全面信任魯迪，認為他一定會出手相救。

但現在不同。

我喜歡魯迪，也很信任他。

可是，我也明白魯迪是血肉之軀。

沒錯，魯迪是人類。儘管看起來無所不能，什麼事都辦得到，但他其實對許多事情一竅不通，也有令他懼怕的事物，當然就連平常應該能輕鬆辦到的事情，也會有搞砸的時候。

忘記取名字也是其中之一。我雖然當下受到打擊，覺得很遺憾，但其實並沒有那麼生氣。

現在，魯迪在奧爾斯帝德麾下做事。

我明白他每天都十分忙碌。如同在阿斯拉王國那時一樣，在米里斯、在魔大陸，甚至在其他地方也吃盡了苦頭。

人都有極限。我認為自己對這點再清楚不過。

在奧爾斯帝德底下工作的同時，也完美顧及到家裡大小事宜，根本不可能。

正因為這樣，我才會下定決心自己去做。

為了讓魯迪能自由行動。

我不能尋求魯迪的幫助。

必須自己設法解決問題。

所以，魯迪不會願意幫我。

可是，我不明白……不明白自己該怎麼辦，該做什麼才好。

「希露菲。」

內心疙瘩來回打轉，在自己心裡不斷持續著沒有答案的問答時，突然有人叫了我一聲。

我的意識被迅速拉回現實，瞥了側眼，將說出自己名字的人物收進眼底。

是洛琪希。

「那個……如果是我誤會了，先跟妳說聲抱歉。」

洛琪希擺出略顯為難，卻很認真的表情向我詢問。

「希露菲，妳是不是比起齊格可能是拉普拉斯，更在意他的頭髮是綠色的呢？」

回過神來，我的臉已轉向洛琪希。

我想眼睛也睜得很開。

「……為什麼？」

「我聽莉莉雅小姐提過，希露菲以前曾因為髮色而遭到其他小孩欺負。」

我這才會意過來，對耶，是這樣沒錯。

為什麼我會忘記呢？

由於髮色改變後過了很長一段時間，與魯迪重逢，結婚，我不知不覺間以為知道以前的自己的人只剩下魯迪。

不過仔細想想，莉莉雅小姐也知道。

雖然我不怎麼去思考這件事，但是那個人應該很了解以前的我。

我為什麼不去找她商量呢……不對，莉莉雅小姐曾找我說過。

是因為我封閉內心，不願意去聽。

「雖然希露菲或許不記得了，但我待在布耶納村時，其實曾見過希露菲一面。妳的父母也曾經找我商量事情。」

「……商量什麼？」

「關於希露菲的髮色。他們也很為此感到煩惱。」

該怎麼說，這件事聽起來很不可思議。

從我懂事之後，不管是爸爸還是媽媽，從沒對我的髮色說過什麼。

當我遭到欺負，邊哭邊跑回家，問他們為什麼我的髮色與大家不同的時候，他們好像也沒辦法好好說明，只是擺出了看起來很悲傷，很過意不去，百感交集的表情，同時輕輕地抱住了我，告訴我「不要緊的」，可是一點都不是不要緊……

「妳怎麼回答他們？」

「我向他們保證妳絕不是斯佩路德族，只要向其他村民仔細說明，同時也灌溉愛情養育妳長大就沒問題了。」

喔喔，所以當時爸爸與媽媽才會一邊抱住我，同時反覆說著「不要緊」嗎？

當然，我知道爸爸與媽媽不只是嘴上說說，他們真的很疼愛我，努力將我扶養長大。

雖然以前並不曉得，但我現在可以明白。

「由於布耶納村幾乎沒有對魔族差別待遇的風氣，我原本以為不會有事，但不代表小孩子也會有這樣的想法……」

講到這裡，洛琪希用力敲了敲胸口。

「不管怎麼樣，如果因為髮色而遭到差別待遇時該如何應對，這種事就交給我吧。如妳所見，我的外表看起來這樣，而且還是魔族，差別待遇這種事，我累積了不少經驗！」

說著這句話的洛琪希，看起來比平常可靠數倍。

想必魯迪就是尊敬洛琪希這種地方吧……

可是，也對……說得也是。我現在已經不是一個人了。

不僅有莉莉雅小姐，洛琪希也在。雖然艾莉絲在育兒方面不太可靠，但也不會擺爛全部交給別人，而是會努力地去學。

「我們大家一起去天大陸吧。雖說只交給莉莉雅小姐留守家裡會令人感到不安，但所幸我們有許多對象能夠仰賴。」

洛琪希這樣說完，輕輕地撫摸我的背。

令我心情放鬆了不少。

★魯迪烏斯觀點★

我與奧爾斯帝德商量完一回來，發現希露菲的氛圍稍稍有了變化。

儘管開口的次數依舊不多，但眼神恢復了光彩。而且連洛琪希的眼神也充滿了幹勁，想必是洛琪希主動找希露菲商量吧。

洛琪希真的很可靠。

我也和希露菲稍微聊了一下。我告訴他奧爾斯帝德說齊格因為身體結實，能夠忍受長途跋涉，而我也會竭盡全力保護他。也順便再一次為了忘記取名字這件事道歉。或許是因為她還沒有原諒我，對於這件事的回答很含糊。

關於旅行方面，我原本打算告訴希露菲她在家休息也沒關係，但打消了這個念頭。雖然沒有根據，但我感覺要是向希露菲說這種話，她又會再次受到打擊。

這次就一起去吧。

雖說產後身體狀況也還沒有完全恢復，但這樣做肯定比較好。

我也會盡可能地留意她的狀況。

那麼，洛琪希與希露菲都要去天大陸。艾莉絲想必也當然會去。

既然如此，留在家裡的就是愛夏、莉莉雅與塞妮絲，還有孩子們而已。

亞爾斯與菈菈年紀還小，這樣人手足夠嗎？

回到家後，我試著吐露了這樣不安的情緒後，莉莉雅以可靠的聲音說：「沒問題。」愛夏則說：「要是有萬一會拜託傭兵團員幫忙，不要緊的。」給了實際上的應對方法，這樣一來應該能暫時應付得來，令我鬆了口氣。

後來，我們花了大約三天進行準備。

第一次是在奧爾斯帝德那邊確認路徑與日程，掌握天大陸的特性，以及申請裝備之類。

所幸，我已經設置好能從事務所通往各地轉移遺跡的魔法陣。

第一天從事務所到轉移遺跡，再從遺跡移動天大陸的山腳，登上山崖。

登上山崖之後再移動半天到一天左右的路程，就可看到亞爾切。

聽說亞爾切是天族城鎮的名字，而亞爾切山丘指的是位於那座城鎮附近的山丘。

在鎮上住一晚後，再登上位於城鎮附近的亞爾切山丘，接受洗禮。

再來就是在某處設置轉移魔法陣後返家。

最快約三到四天。若是要從容一點大概要花上六天。

由於要登上高處，或許有適應高度的必要。因為人體並不適合在氧氣稀薄的場所生存。

我將這個不安想法告訴奧爾斯帝德後，他很乾脆地為我解決了問題。

他依照人數給了我們項圈型魔道具。

這個魔道具似乎能將人體在空氣稀薄的場所引發的各種症狀無效化。

魔大陸存在著充滿瘴氣的山谷，這個魔道具原本是由往返該處的種族持有，但據說基本功能是可以將毒素強烈的場所所引發的各種症狀無效化，所以在登上天大陸時也很管用。

奧爾斯帝德的口袋什麼都有呢。說不定他是在二十二世紀所製作的機器人。

不，一看到臉就會嚇哭孩子的機器人應該賣不出去吧……

出發前兩天，露西顯得鬱鬱寡歡。

我問她怎麼了，她回答是因為聽到媽媽她們都要離開家裡，所以感到寂寞。

考慮到希露菲最近的精神狀態，似乎也沒時間經常陪她，會有這種想法也是在所難免。雖說把父母的問題推給小孩實在令人過意不去，但畢竟父母也是人，自然也會有憂鬱的時候。

我這天盡可能地陪在露西身邊，同時也告訴她剛出生的齊格遇上了一點麻煩。「因為妳是姊姊，所以要忍耐」像這種話很難說出口，而且我也不太想說，但還是以委婉的方式告訴露西，當其他小孩遇上麻煩，希望她也能幫忙。當然，也說了在露西遇上麻煩時，爸爸也會竭盡全力幫助露西。

儘管露西一開始在鬧脾氣，但最後卻以意外老實的表情聽我說話。

我希望她有聽進去。

當晚，露西在齊格睡的搖籃旁邊，幫忙照顧齊格。

由於她一開始面無表情地盯著齊格，害我嚇出一身冷汗。

以為她該不會在想「要是沒有這傢伙就好了」之類。

可是，當齊格開始嚎啕大哭，她就會去叫莉莉雅或是愛夏，只要菈菈與亞爾斯哭鬧不休，就會立刻衝去幫忙安撫他們。我想她大概是理解我所說的話，願意主動幫忙。

我與她同年時……當然是指前世的年齡，當時並不會像這樣行動。

我應該是在抱怨父母老是關心哥哥、姊姊還有弟弟，這樣很不公平，讓他們感到困擾吧。

露西明明還這麼年幼，做的事卻很了不起。

然後，轉眼間來到了出發的日子。

我、艾莉絲、洛琪希與希露菲，還有齊格。

四個人一起旅行。以前好像有過又好像沒有。不對，如果是單純旅行倒是有過，像愛麗兒的加冕典禮就是大家一塊去的。

在希露菲與齊格陷入麻煩時這樣說或許很不得體，但我感到有些期待。

「那麼，我們出門了。」

「好～」

「請多加注意。」

「……路上小心。」

莉莉雅與愛夏理所當然地點頭回應，只有與愛夏牽著手的露西露出有些不快的表情，但可以感覺到她很努力地不把這種態度表現在臉上。

等到與基斯做出了結，我希望能更常陪在她身邊。

★　★　★

出發後過了幾個小時，我們來到了天大陸的前面。

場所是中央大陸的最東北端。

眼前是必須抬頭仰望的斷崖絕壁。只要望向左右，就可看見遠方的大海。

放眼望向斷崖絕壁，並非真的都只能看到岩石表面。

鄰近居民當中似乎有人相信這座斷崖絕壁存在神明，在各處架設著梯子及扶手。

據奧爾斯帝德所說，登上大約兩百公尺處，好像有個祭祀神明的祠堂。

從該處再繼續往上，也有設置用來攀爬的釘子。

這些是從前試圖登上這斷崖絕壁的人所設置。我無法得知他們是否順利登上頂峰。只是我聽說大部分都跌落山底，未能登頂。

順帶一提，右手邊有條路。

並非是能稱為道路的級別，頂多是在勉強能走的場所留下了足跡……不過，人所走過的場所自然就是路。

這條道路儘管在途中斷掉好幾次，但一直連接到魔大陸。

雖說這條道路也是寸步難行，但似乎不比爬上山頂來得吃力，聽說也有不少人通過這裡前往魔大陸，或是從魔大陸來到中央大陸。

「……真高！」

艾莉絲仰望斷崖絕壁，略顯亢奮。

她環起雙臂，就像是在表示「好，我要開始攻略這裡！」。

雖然很像某個城鎮的十四歲少年，但這裡並非世界盡頭。

「……」

希露菲看起來相當不安。儘管部分是由於她目前的精神狀態，但她好像原本就怕高的地方，這也是情有可原。

「吶，魯迪……這個該怎麼爬上去啊？」

仰望斷崖絕壁的洛琪希發出了不安的聲音。

她的聲音就像是想表示，我應該有什麼對策才對。

那當然。

難道妳們以為我會毫無對策就帶著嬰兒進行攀岩挑戰嗎？

「大家，來這邊。」

我引導大家走向相對沒有立足點的地方。

嗯，其實有無立足點並沒關係，只是認為不該給以後試圖爬上這裡的人造成困擾。

首先，我使用土魔術製造出容納四名大人也綽有餘裕的箱子。儘管稍重了些，但相當堅固。

除了入口外，為了能觀察外面的狀況並取得採光，我還加上了窗戶。

「來，請進。」

確認所有人都走進箱子，我關閉入口。

「這是什麼？」

「好了好了，每人做法不同，看官無須多言，只須見證成果。」

我朝歪頭表示不解的艾莉絲瞄了一眼，將手放在地上。

使用的魔術是石柱（Stone Pillar）。我將四根柱子變形為牢牢地固定住箱子的形狀，接著進一步注入魔力。

「！」

箱子開始朝正上方緩緩移動。

「喔喔……！原來如此，這樣一來確實能安心。」

洛琪希的聲音讓我感到很驕傲。

這招在貝卡利特大陸也曾經用過，是我的獨創魔術「電梯」。

比當時進一步考量到安全性。

由於將箱子往上撐的柱子也灌注了相當魔力，作工堅固不會過於脆弱，但若是得承受到三千公尺的柱子，自然需要莫大魔力維持強度，所以我選擇每隔五十公尺製作新的柱子接力。

雖然認為沒問題，但如果在中途累了或是魔力快要耗盡，只要在崖壁上打個洞，將整個箱子收納進去就能安全休息。

「……」

希露菲抱著齊格，同時瞥向窗外一眼，霎時臉色鐵青，立刻靠到我身旁貼緊坐好。

因為最近發生了不少事，像這種時候會願意來到我身旁，實在令人開心。

「……真無聊。」

艾莉絲稍微看了窗外一會兒，不久後便這樣說道坐在地上。

「這樣就行了啦，畢竟沒辦法帶著嬰兒爬上山崖吧？」

「哼！」

艾莉絲轉向旁邊。

她沒有對我動粗，表示她想說那種事情她當然知道吧。

不管怎麼樣，我發誓在這次旅行當中，絕對不會讓他們兩人受傷。

無論方法多麼不起眼也在所不惜。

雖說像這樣耍帥，也沒辦法把我忘記取名字的事情一筆勾銷就是。

★ ★ ★

經過了幾個小時。

每隔大約五十公尺就交換柱子，同時順利地往上升。

希露菲目不轉睛地看著齊格，洛琪希對著那樣的希露菲說了許多話。

希露菲的狀況雖然不像平常那樣，卻也很正常地回應。

對話的內容是一般閒聊。

像是洛琪希對工作上的抱怨，或是在學校發生的事，露西所做過的惡作劇，亞爾斯與菈菈怎麼樣之類。

我也想加入其中，但基本上沒辦法從生成柱子的工作抽身，只好咬著指頭觀望。

至於艾莉絲，則是在窗前占好位置望向窗外。

窗外的景色很不錯。

可以看到逐漸遠離的陸地，從雲層縫隙間可看見成群的巨大生物翱翔天際。那是青龍吧？我從來沒有近距離看過青龍……

約莫交換了二十次柱子時，以標高來說大約超過了一千公尺，鳥類魔物開始變得顯眼。

大小約三公尺，一旦展翅想必有六公尺以上的巨大鳥類開始一邊發出鳴叫一邊飛在箱子周圍。牠們會在周圍盤旋，或是坐到上面啄著箱子，變得有些吵鬧。想必是在警戒陌生的物體。

也有可能是打算破壞侵入自己地盤的來路不明物體。

當然，箱子非常堅固。被魔物稍微啄個幾下不可能會壞掉。

只是有點晃動。

每次搖晃希露菲都會一臉鐵青，讓齊格開始啜泣，洛琪希則是毫無根據地從旁安慰他們說：「不要緊。不要緊。不會掉下去的！」

當然不會掉下去。我已經做好打算，要是覺得快掉下去了，會先將箱子暫時固定在崖面，再排除周圍的魔物。

話雖如此，目前看起來並沒有那樣的徵兆，因此我無視牠們繼續上升。

魔物根本束手無策。

儘管偶爾會將脖子伸進窗戶，但被艾莉絲砍斷後就結束了。

但也因為這樣，箱子裡有些血腥味。

話雖如此，我們也並非千金閨秀。

多少有些血腥味根本不算什麼，沒有任何人對此有怨言。

過了一會兒，我將箱子移動到崖面裡，稍微用水沖洗內部後，便稍作休息。

稍稍遲了些的午餐，是出門時由莉莉雅與愛夏幫忙做的便當。

裡面是三明治。硬梆梆的麵包挾著肉與蔬菜。

儘管是與平常吃的東西沒太大差異的質樸味道，但一邊眺望著窗外所呈現的絕景一邊用餐，這種感覺著實不壞。

「偶爾像這樣悠哉也不錯耶。」

「……真是的，艾莉絲，這樣很沒規矩喔。」

「我知道啦。」

艾莉絲望向窗外大口吃著三明治，希露菲叮嚀了這個舉動，可是艾莉絲並沒有真的明白。

感覺好久沒看到這種熟悉的光景。

「齊格～我是爸爸喲～來洗澡澡吧～」

希露菲用餐的期間，由我負責照顧齊格。

幫他換了尿布，用土魔術製作桶子幫他入浴。

仔細觀察，會發現髮色是綠的，耳朵也比人族略長了一些。長相感覺是希露菲與我加起來除以二。嗯，那當然。要是他身上沒有我的成分反而會有些不安。

我把臉湊近扮起鬼臉，他便笑了出來，要是我把臉移開則會露出失落表情。

當我抱住他後，他會目不轉睛地盯著我的臉。

露西出生的時候，我對她的每項動作都有疑問，也曾懷疑她會不會是轉生者而感到不安，但這孩子已經是第四個，感覺自己也漸漸不再抱有那樣的疑惑。

不過話又說回來，不管生了幾個，孩子總是惹人憐愛。

我將食指靠近齊格的手後，被他緊緊握住。

力道相當強。原來嬰兒從出生之後就擁有相當驚人的力量呢。

當我這樣想的瞬間——

「好……痛！」

隨著啪嘰一聲，感到一陣劇烈疼痛。

我反射性地打算將手從齊格手中抽開，但沒有付諸實行，而是冷靜地用左手將齊格的手拉開。

我望向產生劇痛的食指後……

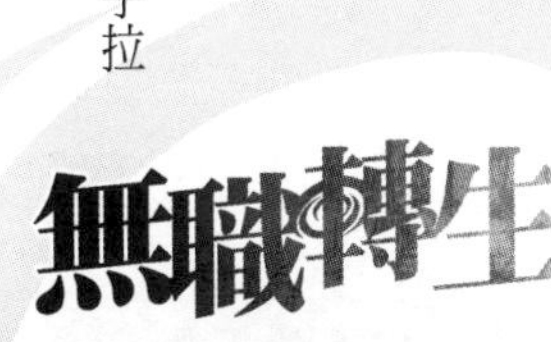

「不會吧……」

斷了。

再怎麼樣，這力道也太強了吧？

「齊格！」

下一瞬間，希露菲立刻衝了過來。

然後，她看了我的手指，瞪大雙眼。

「咦？魯迪，你的指頭……」

「斷掉了。」

「……」

希露菲擺出難以言喻的表情。

不過，她依舊戰戰兢兢地將手伸向我，包覆了食指。

隨後發出淡淡光芒，疼痛逐漸消失。是無詠唱的治癒魔術。真是了得。

「謝謝妳，希露菲。」

「……嗯。」

「這孩子力氣真大呢。」

「嗯。我也是，你看。」

希露菲這樣說完，將自己的手腕秀給我看。

在上面有清楚留下手印的紅斑。

唔——這孩子該不會才剛出生就勒死了毒蛇吧？

不過這一個月來，大家應該都隨時盯著他才對。

「既然從小就這樣力大無窮，等他當上劍士感覺會大有所成。」

將來搞不好會去打倒九頭龍……不對，以這個模式發展我會死掉啊。會變成保羅。

「不知道耶……看過札諾巴後不太有那種感覺……」

希露菲邊露出苦笑邊這樣說。

聽說札諾巴也是從出生時很誇張，但現在卻是出色的人偶宅，她是指這個意思吧。

希露菲或許不知道，但那傢伙在戰場上是相當能幹。力量自是當然，還是個智勇雙全的男人。

「我可以教他劍術！」

此時，吃完三明治的艾莉絲大聲說道。

如果是以前，我會對艾莉絲是否能教導別人劍術存疑，但至少諾倫以及魔法大學的其他學生確實從艾莉絲身上學到劍術。

算是上課嗎……這點姑且不論，但是從內容聽來，感覺相當正式。

與只會說咚還是唔之類，以狀聲詞教導的保羅；或是只會說「懂了嗎？」的瑞傑路德相較之下更會教人。

教導的方式與基列奴相近。說的話也很合理。

艾莉絲好像認為教導孩子們劍術是自己的工作，還準備了小孩用的木刀。

露西已經在艾莉絲的指導下開始揮起木刀。

英才教育已經正式展開。

「我們家的小孩，感覺都能學會劍術以及魔術。」

說出這句話的洛琪希，當然是打算教導魔術。

露西也開始慢慢地習得了魔術的詠唱。

畢竟開始使用魔術的時期是愈小愈好。魔力總量再多也不會傷腦筋。

不管怎麼樣，關於魔術方面只要交給洛琪希肯定就不成問題。

等到他們長大成人，想必所有人都會是聖級魔術師。

「真期待大家的成長呢。」

我向希露菲這樣說道，她靦腆地笑著說了聲「嗯」回應。

感覺看到了希露菲久違的笑臉，讓我有點安心。

★　★　★

然後，我們又暫時上升了一段時間。

超越標高兩千公尺時，鳥類魔物已經鮮少出沒。

取而代之的是出現了長著翅膀猶如山羊的魔物，以及脖子像蛇那樣長的蜥蜴魔物。

蜥蜴魔物或許是棲息在崖面的縫隙之間，牠從靠向山崖那側的窗戶突然衝進來，害我嚇了一跳。牠靠著脖子很長的優勢，就算在箱子裡也以非常靈敏的動作襲擊我們。

只不過脖子的位置固定，而且也撐不到五秒就是……

肯定是為了把躲在斷崖絕壁的龜裂處裡面的獵物強行揪出來，脖子才會變成那樣吧。

扣除掉這傢伙，就沒有其他危險的狀況。

我們只獵了一頭用來當晚餐的山羊，除此之外直接無視，繼續往上升。

交換柱子的次數超過了六十次。

外頭被一層濃霧所覆蓋。恐怕我們是衝進了雲層吧。

時間已經是晚上。

多虧有燈火精靈，箱子裡面並不昏暗，但我猶豫要先睡一覺還是繼續往上升。

以高度來說，應該差不多要抵達了才對……

當我這樣一想，霧突然散開。

同時，窗外的視野也為之一亮。
不僅是外側的窗戶，連山崖這側的窗戶也是。
我停止讓柱子繼續上升。
一望向窗外，便可看見在月光照耀下的平原。
是天大陸。

第三話「天大陸的城鎮『亞爾切』」

天大陸。
從箱子走下地面後，呈現在我們眼前的是一望無際的寬廣平原。
或許是因為寒冷或是氧氣稀薄，此處甚至沒有一棵樹，地面上覆蓋著短小雜草以及青苔。
不愧是標高三千公尺的地方。
氣溫低下，也會吐出白氣。
所幸沒有積雪，地形起伏也緩和，十分平坦。移動起來應該不會那麼費力。
看來能按照預定，一天就抵達亞爾切。
話雖如此，天上月亮高掛，或許是因為接近天空，上方可見一望無際的星空，正發出璀璨亮光照耀著我們。

夜晚也有許多魔物，而且容易迷失道路。

得在這裡野營一晚。

我們決定吃中午獵來的山羊。

架好火堆，以土魔術製作的鍋子煮沸熱水，再丟入山羊骨頭提取高湯。

水滾後放肉，用帶來的香料調味，完成了山羊肉的湯。

這種調理魔物肉的方法，是以前基斯教我的。然而現在卻要與那個基斯戰鬥，人生實在是無法預測。

不管怎麼樣，因為很冷，我將箱子移動到大陸上面，然後再靠在彼此身上睡覺。

儘管周圍沒有東西能充當柴火，但我為了以防萬一事先帶來了一晚用的柴薪，所以將火堆移動到室內，在箱子造一根煙囪，如此就能在暖和室內的同時入睡。

我們大人習慣旅行，多少有些寒冷也無所謂，但得考量到希露菲的身體與齊格。齊格雖然臉頰通紅，但並沒有發燒，看起來很有精神。

想必就如奧爾斯帝德所說，身體很健壯。

不過嬰兒的身體容易出狀況。不可輕忽大意。

雖說箱子很堅固，但要是平原前方有類似山豬的魔物冷不防衝過來，將整個箱子撞落山崖可就沒戲唱了。

因此，我們以輪班制守夜，其他三人則靠在一起就寢。

由於和女性陣營貼在一起睡覺，有別於齊格及亞爾斯的另一個兒子也變得很有精神，不過我努力忍下來了。

齊格啊，你的弟弟或是妹妹暫時是不會出生的。

隔天，開始移動。

亞爾切鎮位於目前所在地的東北方。

從現在的位置到亞爾切，放眼望去都是寬廣的平原，幾乎沒有東西可以作為路標……乍看之下是這樣，但其實是有的。

從前有位來到這塊土地，然後橫跨了天大陸的英雄。在拉普拉斯戰役時代，他從魔大陸那側登上這塊天大陸，取得了隱藏在此的祕術，對戰爭勝利帶來莫大貢獻。

他為了以防自己壯志未酬身先死，留下了路標指示自己所獲祕術的場所。

……那位英雄，其實就是佩爾基烏斯。

路標在樹木稀少，雜草也不高的這塊大陸上分外醒目。程度大概是一到早上環視周圍，就會覺得「啊，那邊好像有什麼」。

試著靠近一看，可以發現路標是一根柱子。

恐怕是以土魔術製成，高度大約一公尺半。粗細是兩手正好可以環繞。或許是因為上方有所劣化，已變得破破爛爛。

那麼關於這根柱子呢，其實從上方觀察就可看出並非圓形，而是呈現水滴狀。水滴狀的前端，較為尖銳那邊就指著城鎮所在的方位。

《佩爾基烏斯的傳說》如此記載。

可以說是只有看過那本書的人才能明白的路標。不愧是佩爾基烏斯所指派的試練，在著作中有滿滿的提示……不對，我想那本書其實並非佩爾基烏斯本人所寫。

城鎮周圍存在著好幾根這類柱子，只要隨意走動，沒過多久即可發現。接下來只要順著柱子指示的方向前進，總有一天就能抵達城鎮才是。

我們開始移動後，經過了幾個小時。

或許是因為這裡雖是平原，但並非道路，魔物的數量有一定程度。

以種類來說主要分為三種。

從兩千公尺高就開始出沒的有翼山羊「飛翼山羊(Wing Goat)」、體長約四公尺，猶如黃鼠狼的「天堂鼬(Heaven Mustela)」、以兩隻腳衝刺的巨大猛禽類「惡意鴕鳥(Nidhogg Ostrich)」。

或許是因為整年天寒地凍，兩棲類與蟲類的魔物倒是少見。

以魔物的強度來說，應該和中央大陸北部相同程度吧。

沒有阿斯拉王國與米里斯的弱，也不像魔大陸與貝卡利特大陸的那麼強。

會十幾隻群聚的只有飛翼山羊，天堂鼬與惡意鴕鳥是單獨出現，頂多兩隻。

如果要以層級分類，飛翼山羊是D級，天堂鼬與惡意鴕鳥算C級吧。

只是每種魔物都會飛空，若是出現在中央大陸，層級或許會再往上設定一階。畢竟人的潛意識會對能夠飛空的存在感到棘手。

話雖如此，儘管不用特別強調，我們當然不會輸給那種程度的魔物。

飛翼山羊會由艾莉絲擔任前衛引開注意，洛琪希再用上級魔術一鼓作氣收拾乾淨，至於剩下的兩種，只須艾莉絲揮上一刀就能收工。

別說齊格與希露菲，魔物甚至碰不到我。我們家的老公實在可靠。

當然，棲息在天大陸的魔物應該不只這些，我們沒有大意的本錢。

儘管我認為這次旅行不會涉足，但森林、山區甚至是迷宮應該會有更加強力的魔物。

尤其是天大陸的迷宮「地獄」，不僅棲息著大量魔物，危險程度在世界上也是頂級水準，而且在最深處一帶，似乎還住著名為畢塔的凶惡黏族。說到黏族，會令人懷念起圖書迷宮的那個魔王，但奧爾斯帝德說，畢塔是比他更為危險的傢伙。絕對不要接近。

順便說一下，我甚至沒把這份情報告訴艾莉絲。因為她肯定會躍躍欲試。

不，艾莉絲也已經是大人了。與從前任性的大小姐時期相比已經變得更成熟，更具理性。

就算想去，應該也不會真的開口。

「話說回來，天大陸有座名為『地獄』的迷宮吧。」

「對。聽說是很危險的場所。是世界三大迷宮之一。」

「我想去看看。」

「這個嘛。如果是以目前的成員，我認為應該能深入到相當底層。可是魯迪不太喜歡迷宮，而且保羅先生也是在迷宮過世……」

「……我知道啦。」

艾莉絲與洛琪希說了這番話……剛剛那是閒聊，並不算數。

況且洛琪希也委婉地制止了她。

「希露菲呢？」

「嗯？」

希露菲正從後面安撫著放在我背架的齊格，此時我突然轉頭，試著將話題拋給她。

「妳對迷宮之類的沒興趣嗎？」

「……嗯——應該沒什麼興趣吧。況且現在是孩子們比較重要。」

她一邊伸手輕撫齊格的頭，同時這樣說道。

語氣很輕鬆。或許是精神狀態稍微開始恢復了。

不對，這種想法不太好。

只懂得察言觀色是不行的。我必須要挽回她對我的信賴才行。

從前保羅因為外遇而讓莉莉雅懷孕時，保羅花了很長一段時間才挽回塞妮絲的信賴。以前，我並不懂塞妮絲為什麼會氣這麼久，為什麼不肯原諒他。

不過，我現在可以明白。

那是因為保羅始終只會觀察塞妮絲的表面態度來取悅她。

換句話說，我現在該做的，並非是觀察希露菲的臉色。而是要竭盡全力挽回她對我的信賴。

這絕非一朝一夕就能完成，但就算得花上時間，我也必須把自己愛著希露菲，當然也愛著孩子們的事實用行動表現出來。

只是具體上該怎麼做，思考起來實在困難……

不管怎麼樣，我必須從注意到的事情一件一件地積極去做。

我一方面這樣心想，同時繼續踏上我們的旅程。

★　★　★

我們在傍晚發現了城鎮。

「那就是亞爾切嗎？」

「該怎麼說，是很質樸的城鎮呢。」

如洛琪希所說，在平原前方所看到的，是以石頭、土壤以及骨頭之類的東西組合而成的民宅，以及圍著這些建築的矮柵欄。

這裡不存在城牆，以這個世界的城鎮來說很少見。既然有飛在空中的魔物，城牆本身自然沒有什麼意義，所以想必這麼做才是正確答案。

話雖如此，沒有用來守護城鎮的手段真的好嗎？

我這樣心想並靠近柵欄，突然，我感覺到城鎮似乎覆蓋著一層薄膜。

該怎麼說，有種像是透過玻璃去看著城鎮的感覺。

「是結界呢。好大……」

聽到洛琪希這句話，我才理解到城鎮的防禦手段為何。

也對，不可能沒有任何防禦手段。

「居民會讓我們進去嗎？」

「不曉得呢。奧爾斯帝德大人什麼也沒說……」

我這樣回答希露菲的提問，同時慢慢靠近結界。

至少我認識的人也沒幾個熟悉天族。

我在其他大陸沒看過天族，也不清楚他們是什麼個性。是排外思想嗎？還是說對其他種族會很友善？

我看過的天族頂多只有希瓦莉爾，或許是因為希瓦莉爾對我的態度並不是很友善，所以天

族給我的印象非常嚴肅。話雖如此，她對待札諾巴或是佩爾基烏斯很關照的人們時，態度非常溫柔，想必也並非排外的種族。

那並非天族的特性，而是希瓦莉爾本人的個性。

不管怎麼樣，既然奧爾斯帝德沒交待任何事，應該不會有危險。像是突然襲擊過來之類。

所以我試著來到結界角落，設置著柵欄的場所。

說到這個世界的結界，多半都是拉出一定間隔再以障壁覆蓋。

話雖如此，天大陸的結界說不定截然不同。很有可能在碰到的瞬間就遭到瘋狂電擊化為焦炭……

「這很硬呢……砍得破嗎……」

艾莉絲連聲敲打。

「等等艾莉絲！不可以突然去碰啦！要是上面有電流怎麼辦！」

「咦？我……我知道了啦……」

艾莉絲身子猛然一顫。

真危險。到陌生的地方碰來路不明的東西是很要不得的行為。

「那該怎麼辦？」

「……該怎麼辦呢。」

難道只要從結界外面呼叫，就能傳到鎮上嗎？

環視柵欄的內側，也只看見寬廣的農田而已。

……是說天族還會種田啊？不對我在說什麼，雖然長著翅膀，但他們畢竟是人。

就連居住在魔大陸內地，以心電感應對話的種族也一樣會種田。

對人類的活動來說，農業是有必要的。

先不提這個，該怎麼進去呢？

一般來說只要沿著柵欄繞一圈，應該就能找到類似入口的場所，但就我看來，柵欄並沒有間隔。沒有類似道路的地方，想不透入口在哪。

基本上，擁有翅膀能飛在天空的種族，會有「在柵欄做個間隔設成入口」這種概念嗎？如果不會在地面行走，自然也不需要鋪設道路。

既然如此，設為入口的地方難道在空中嗎……？

我沒有準備飛在天空的手段……唔——眼下或許還是破壞結界比較好。

當然，我打算待會兒再修復。畢竟要是不進去就沒戲唱了。

「好，那就毀掉吧。」

「我來。」

「不，還是用我的岩砲彈（Stone Cannon）……」

「那個……」

我聽到洛琪希的聲音後抬頭望去，她看著結界的方向。

「有人來了。」

望去一看，發現從城鎮那邊有類似鳥類的物體飛了過來。

雖說是從遠處望去，但可以知道物體相當大。

與人大約相同大小……不如說那就是人。是長著翅膀的人。是天族。

「是因為敲了結界所以在警戒嗎？」

希露菲如是說。或許是這樣。

雖說是結界外面，但要是城鎮周圍出現魔物，一般來說都會驅逐。

算了，總而言之，不管在哪，第一印象都很重要。

是時候讓大家見識我透過工作所鍛鍊的外在技能了。

「……」

天族一語不發地發出展翅的聲音降落在我們面前。

三個人。他們身穿鳥類毛皮……或許有點不同，但總之是那種感覺的貫頭衣，手上拿著長槍。除了斯佩路德族以外拿著長槍實屬罕見。

他們看到我們後，擺出了疑惑的表情。

因為人族登上懸崖想必很罕見，這也是理所當然。

相較之下，我則是擺出笑臉。以魯迪烏斯笑容迎擊。

「嗯咳。失禮，我叫魯迪烏斯・格雷拉特。其實是佩爾基烏斯大人吩咐我來此讓嬰兒接受洗禮。請問各位認識佩爾基烏斯大人嗎？」

「──・・・──」

當我以人族語言向他們攀談，對方卻用陌生的語言回應。

我與洛琪希她們面面相覷，對方也望向另外兩人。

「是天神語呢。怎麼辦？」

這樣啊，原來天大陸的共通語言是天神語。

糟糕，是我不懂的語言……

呵，如果是以前的我，肯定會感到驚慌失措。

但是，如今的我是龍神奧爾斯帝德的部下，這點程度的事情早在預料之內。

「不要緊。我有準備。」

以人族語言搭話是一種禮儀。

就算無法溝通，也可以告訴對方我們有對話的打算。

就算只靠剛才瞬間的交流，對方應該也能察覺到我們沒有敵意。

「咳。」

我清了清嗓子。

雖說在預料之內，但我沒有時間習得天神語。

所以，這次準備了小抄。我取出收在懷裡的紙綑，打開某個頁面讓他們確認。

上面是將我剛才所說過的話完整地翻譯成天神語以文字方式寫上。

再來只能期待他們有識字能力……

「——！」

看到文字的他們起了劇烈反應。

他們立刻拔起柵欄前方的木樁，然後像是在歡迎我們似的，攤開雙手與翅膀迎接我們。

就這樣，我們到達了天大陸的城鎮亞爾切。

★★★

亞爾切鎮比想像中還要質樸。

以骨頭、石頭、泥土以及稻草製成的房屋。

建築物也多半是三層或四層建築。如果要舉出特別不同的地方，就是沒看到階梯。想必是因為他們能飛空所以沒有必要。

天族的人們都身穿近似鳥類毛皮的上衣，從事農業工作。

與眾不同之處，就是人們擁有翅膀，如果是簡單移動都是用飛的。

實際上，一踏入城鎮後人們都在遠處飛來飛去觀察著我們。

除此之外，基本上與隨處可見的偏僻農村別無二致。

很接近布耶納村。

我原本想像的更具羅馬氛圍，或者該說是類似天使或是天國那樣的感覺……也對，天族也只是長著翅膀的人種，亞爾切在天大陸當中也是位於角落的窮鄉僻壤，也就這樣了吧。

沒有旅社，也沒人會說人族語言。

話雖如此，依舊有能夠理解的共通單字。

就是「佩爾基烏斯」。或許是因為佩爾基烏斯對他們有莫大恩情，所以才會歡迎我們。

對方帶我們到類似集會所的地方，過了不久便有料理端來，看似村長的人滿臉笑容地說了些什麼後，端出了酒。

要說稍微有點不可思議的事情，應該是村民們都想碰齊格的腳吧。

儘管一開始抱有戒心，但歡迎我們的村長率先碰了齊格，後來也陸續有村民這樣做，所以我也沒特別拒絕而是同意他們的舉動。

齊格是因為佩爾基烏斯的試練而來的嬰兒，或許他們認為這麼做會帶來什麼某種福氣。

雖然一般來說會覺得這種舉動有點可怕，但由於感覺不到惡意，所以我也老實地接受對方的款待，當天就在集會所入睡了。

晚上，哄齊格睡著之後，我和希露菲稍微聊了一下。

「總覺得很普通呢。」

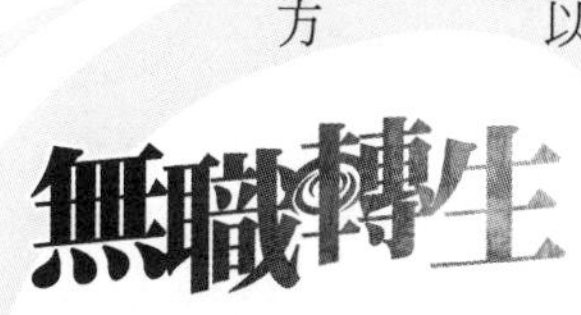

「是啊。因為是天大陸，我原本想像的是更像祕境的場所，不過住在這裡的人很普通。除了飛在天空的這點以外。」

「我沒有離開過中央大陸，其他地方也很普通嗎？」

經她這樣一說，我想起了魔大陸的祕境。

位於比耶寇亞地區的最西北端。住在當地的人們，儘管像是家的形狀、模樣以及對話方法之類都有所不同，但除此之外的部分基本上沒啥兩樣。

「嗯，算普通吧。雖然根據地區不同，常識也多少有些偏差……」

「畢竟就算是拉諾亞與阿斯拉的常識也不一樣嘛……」

說完這句話後，希露菲沉默不語。

她看起來陷入沉思，露出了複雜表情。話雖如此，看起來並不會沮喪。

「怎麼了嗎？」

「我在想，這裡沒有人以異樣眼光看待齊格。」

「嗯，是啊。」

天大陸的天族。

他們沒有參加拉普拉斯戰役。

天大陸由於占有地利，是唯一逃過拉普拉斯侵攻的種族。

當然，他們並不會畏懼斯佩路德族。因此村子疑似戰士的那群人才會拿著長槍，對於齊格與洛琪希的髮色也沒有過度反應。

據奧爾斯帝德所說，更早以前……就是在距今四千年以上的第二次人魔大戰時，他們好像很厭惡魔族。不過既然是四千年前以上，無論是再怎麼長壽的種族，自然也會世代交替，這種厭惡感也會跟著薄弱。

……不對，也有可能是聽到了佩爾基烏斯這個單字，才沒有明顯表現出厭惡態度。

「如果大家都能這樣就好了……」

希露菲這樣說完，臉上勉為其難地擠出了笑容。

第四話「命名」

隔天早上，村民開心地目送我們從村落離開。

不知為何還送給我們每人一盒便當，看似藥草的一捆葉子，以及類似護身符的木雕人偶。雖說是人偶，也只是在木棒加上類似天族翅膀的樸素物品。肯定是這塊土地代代相傳的神像吧。像是天神之類。

以藝術性來說並不精緻，但以稀有度來說，肯定能讓札諾巴流著鼻水欣喜若狂。

「謝謝各位。」

道謝之後，儘管沒辦法溝通，但似乎有表達到感謝之意，他們收起翅膀，擺出將拳頭在胸前交叉的姿勢做出回應。

亞爾切山丘是很恬靜的場所。

該處為平坦丘陵，儘管吹來的風很冷，但天氣與視野都很不錯，半山腰還有座白色花田。

或許是因為這樣，齊格睡得很熟，連我們也遭到一股睡意襲來。

「呼啊……不行。」

……當然，所有人才剛睡醒，就突然都受到睡魔侵襲，根本是天方夜譚。

所以，我將事先準備好的奇卡拉果實交給大家，一口吞下。

半山腰可以看見的白色花田。

該處盛開著花朵，其花粉有著強烈的催眠作用。

然後，我集中精神定睛凝視，便發現彷彿擬態成花田的一隻野獸藏身在此。

是被稱為天堂滑翔蜥（Heaven Glider）的魔物。

會潛伏在具有催眠作用的白色花田，靠近睡著的物體發動襲擊。

大小在魔物中算是較為小型，頂多只有兩公尺。

如果要直接表達牠的模樣，應該是長著毛的蜥蜴吧。前臂有類似蝙蝠的翅膀，尾巴長著毒刺。

在魔物當中屬於慎重類型，特徵是絕對不會對沒睡著的對象出手。

也可以說是膽小。

儘管齊格睡得很香甜，但天堂滑翔蜥沒有襲擊過來，所以我們就這樣直接通過。

白花的催眠效果頂多一個小時。

奧爾斯帝德說過，若是倒在花田可能會一輩子醒不過來，但只要趁早離開就不會有什麼後遺症，似乎沒有問題。

話雖如此，畢竟齊格才出生一個月，離開現場後，我便仔細地幫他施加解毒魔術。

因為奇卡拉果實有強烈的覺醒作用，雖說平常會用來當作趕走睡魔的藥來服用。不過讓嬰兒服用依然可能有危險。

「……！」

稍微走了一陣子，收到艾莉絲的信號後壓低重心。

往前一看，發現山丘上有巨大的鳥類。

牠以兩隻腳沉甸甸地走著，要是沒有羽毛覆蓋，那副模樣恐怕會令人誤以為是恐龍。

大小約十公尺吧。好大。

「真大呢……」

「我記得那傢伙好像是叫霸王顎龍（Gigantic Jaw）吧。」

是這個山丘最強的魔物，以層級來說是A級。

天大陸的居民非常害怕遇到這魔物。

要是牠在城鎮附近出沒，便會全員出動將其擊退，若是小村落，好像甚至有可能會遷移整個村子避難。除此之外，還會將保佑別遇見這傢伙的護身符送給旅客……

啊，就是剛才的護身符嗎？

「啊，魯迪。你看。」

聽到希露菲這句話，我往魔物所在場所的後方望去，可以看見該處有座石頭搭建的祠堂。

那八成就是目的地吧。

「該怎麼辦？要戰鬥嗎？」

好啦，該如何是好呢？

目前還沒被牠發現。

所以要繞道迂迴過去也行……但這一帶或許是那傢伙的地盤，感覺牠沒有打算離開。

A級水準的魔物，也有那種看到我擊出岩砲彈後還來得及避開的傢伙，要是開戰會稍微有些危險……

我瞥了艾莉絲一眼後，她便點了點頭。

就像是在表示她知道了似的，但我什麼都還沒說啊。

算了，總之打倒牠吧。

目前為止，並沒發生稱得上試練的狀況，要是迂迴繞去祠堂，有可能會被宣告失去資格。

「艾莉絲先吸引牠的注意，再由我絆住牠。接著希露菲與洛琪希兩人同時攻擊。因為不清楚是否能一擊收拾牠，妳們先瞄準翅膀，如果這樣就能給牠最後一擊，艾莉絲就直接收拾牠；相反的，萬一牠能掙脫泥沼，就交給艾莉絲爭取時間，由我來解決牠。ＯＫ？」

「知道了！」

我這樣說完，艾莉絲在同一時間衝了出去。

彷彿像是一直在「等等」的狗。

我向另外兩人使了眼色，洛琪希與希露菲就跑到了能從兩側支援艾莉絲的位置。

像這樣一看，希露菲的腳程實在很快。明明生產後身體應該還沒恢復正常狀況……應該是用治癒魔術恢復了產後下降的體力吧。

此時，魔物注意到了艾莉絲。

「嘎啊啊啊啊啊！」

「吼喔喔喔啊啊啊啊啊啊啊啊！」

艾莉絲大喊一聲，魔物也跟著以怒吼回應。

只是就近聽到，就幾乎要震破耳膜的巨響，然而艾莉絲毫無懼色。沒有停下腳步。

她衝向突進過來的魔物，並瞬間停住，一個側步跳到旁邊。

下一瞬間，魔物的嘴巴打進艾莉絲原本所在的場所。因為牠展開翅膀，踹向地面，以驚人的速度衝了過來。

艾莉絲在迴避時似乎砍出一擊，魔物嘴邊鮮血四濺。

之所以沒有當場斃命，一部分是因為她的姿勢並不完全，同時也是因為對方身形過於巨大，脖頸位置太高所致。

必須按照預定，讓牠降低到容易毆打的位置。

「泥沼。」

為了回頭望向艾莉絲，魔物沉下腰，然而腳邊卻化為泥沼。

腳瞬間就陷入地面，牠張開翅膀試圖逃走。

但是——

「以英武的冰之劍擊落目標吧！『冰霜擊(Icicle Break)』」

「真空突風(Sonic Blast)！」

宛如要擊潰掙扎的翅膀那般，兩人的魔術直擊魔物。

儘管失去了掙脫泥沼的手段，魔物依舊不放棄求生，不斷掙扎。

那樣的魔物眼眸當中，映出一名劍士。

把劍舉著大上段架式的紅髮劍士！

「喝！」

輕吐一聲，同時使出了那招。

光之太刀。劍神流奧義。不僅對付人，是為了一擊打倒所有存在而開發，如字面所述的必殺劍。

沒有聲音。

艾莉絲的劍以縱向劈開了魔物的頭。

魔物翻起白眼，身子猛然震顫。

然而，動作卻沒有停止。即使身體不斷抽搐，依然像個水壓過大到處亂噴的水管那般不斷晃動脖子，拚命撞向周遭。

普通對手一擊就能收拾，但問題果然在過於巨大……

「岩砲彈。」

最後，我將岩砲彈打進魔物的頭蓋骨。

岩砲彈從艾莉絲所造成的傷口鑽進頭蓋骨之中，將大腦破壞得體無完膚，同時從後腦杓貫穿而去。腦與骨頭飛濺到魔物後方，響起啪一聲巨響。

魔物就像斷線人偶那般失去力氣，首級發出聲響落到泥沼上方。

「……」

艾莉絲稍微觀察了一下狀況，或許是確認已確實拿下牠的性命，她轉向這邊，朝我們揮了揮手。

洛琪希也像是在說「ＯＫ」那樣舉起魔杖。

希露菲可能是沒看過如此巨大的魔物，興味盎然地朝魔物方向望去。

好，很順利。

毫髮無傷，而且以單方面的攻擊拿下了勝利。

在魔大陸旅行時並沒有這樣順利。

不管是我還是艾莉絲都變強了。

「嗯啊——啊——！」

此時，或許是齊格從睡夢中清醒，開始在我的背後啜泣。

哦——對不起，肚子餓了嗎？還是討厭待在爸爸背後？還是會冷？

如果是的話就對不起喔，馬上就能回家了～

「嗚……！」

此時，我注意到了。

我明白自己臉色有變。

然後，靠近我的艾莉絲等人，好像也察覺到我的變化。

她們表情變得嚴肅，往剛才倒下的魔物那邊望去。

魔物與剛才相同，在泥沼中斷氣。

絲毫沒有任何動靜。

「啊。」

希露菲注意到了。

沒錯，我的腳邊。

在那裡……積著升起熱氣的一灘水。順帶一提，想必我的背部也正冒著熱氣。背好溫暖。

「啊——被將了一軍呢。」

聽到洛琪希這句話，大家才鬆開緊張情緒。

沒錯，齊格氏在我背上尿出來了。

「呵，沒想到會被自己的孩子從後面將了一軍……我……大意了……啊……希露菲……回到家後，妳幫我告訴……露西他們……我愛你們……很期待看到，你們的成長……今後，要兄弟姊妹互相扶持，一起活下去……爸爸會在九泉之下，與爺爺一起在緣廊一邊吃著茶點……」

「魯迪，別說傻話了，快把齊格放下來，長袍與魔導鎧也要脫掉！不洗會有味道的！」

「好——」

雖然有個脫線的結果，不過總而言之，祠堂就在眼前。

我們抵達了目的地。

★★★

該處以祠堂來說，看起來有些狹小。

高約一公尺，寬約兩公尺左右。

兩面開的石門，朝著正面開著一半，大約是一個人能通過的空間。

門上有熟悉的徽章。從遠處望去，那個徽章看起來很像一頭龍，最近我也經常戴在身上。是龍族的徽章。

也就是說，這裡是龍族的遺跡。

遺跡旁邊雖然看得見類似祭壇的擺設，但已經腐朽，滿是青苔。

說不定這是為了隱藏遺跡而設的某種魔術裝置。然而與經常看到的轉移遺跡感覺卻稍有不同，或許這裡以前會有當地居民定期到此參拜之類。

好啦，不同的不僅祭壇。祠堂本身也看得出與轉移遺跡有些差異。

以我知曉的轉移遺跡來說，感覺像是位在地下室的平房，可是從半開的門裡能看見的，卻是階梯。

通往底下的階梯在黑暗中持續延伸。

我試著用護手敲了敲入口，聽見聲音響徹到深處。

看來延伸到相當下面。

唔嗯——要在這裡接受洗禮就表示……

難道有人住在這種地方嗎？

這一帶的人也感到棘手的魔物分明就在外面大搖大擺地走著耶？

「不好意思——」

我試著叫了一下，但沒有任何回應。

我回頭望向後方，以視線向大家表示「祠堂是指這裡對吧？」，可是——

「快點進去啦。」

得到的回應只有艾莉絲一聲催促。

算了，總之先進去看看吧。如果搞錯了再找就行。

「打擾了——」

姑且先這樣說一聲後，我們踏入裡面。

我取出裝備在魔導鎧插座的燈火精靈捲軸，照亮階梯。

或許是因為基本上沒有在使用，階梯隱約積著一層塵埃。

然而或許是有定期打掃，並沒有長著青苔之類。雖說感覺沒人在此生活，但從一些地方能窺見經過人手處理過的痕跡。

我一步一步，像是在確定狀況似的走下階梯。

在我身後，依序是艾莉絲、洛琪希，再來是希露菲。

畢竟我揹著齊格，說不定交給艾莉絲走在前面比較妥當。

當我這樣心想，便已經走完階梯。

在眼前的，仍舊是從內側開啟一半的大門。

這也同樣只有一個人能通過的隙縫。

可是，從那道隙縫當中隱約透著亮光。是有人在裡面呢，或者是透過發光來吸引獵物的魔物……

實在有些害怕……好。

「我去偵查看看。」

我這樣宣言，然後將齊格交給希露菲。

「我也去。」

我點頭同意艾莉絲的意見，兩個人一起穿過大門。

大門前方所呈現的，是寬敞的空間。

感覺就像是由粗壯柱子支撐的廣場。

令人不由自主感受到一股神聖氛圍。儘管沒有根據，但感覺比起至今的龍族遺跡，更像佩爾基烏斯的空中要塞。

因為像柱子的大小與排列方式之類，非常酷似佩爾基烏斯空中要塞的晉見之間。

這地方果然與佩爾基烏斯有關嗎？

牆壁上設置著燭臺，發出淡淡的光芒。

但是，漏出來的光源不只這樣。

房間深處有類似泉水的地方，從泉水發出的藍白色光芒，照亮了整個房間。

一靠近那座泉水，感覺就會有魔物襲來……或者說，只要調查那座泉水，是不是就能完全恢復HP與MP呢……

不管怎麼樣，在泉水旁邊有通往更深處的通道。

反正這房間好像沒有危險，先叫希露菲與洛琪希過來，進去裡面看看吧……

當我這樣心想，開始聽見踢躂聲響。

是腳步聲。而且還是複數。

腳步聲似乎是從泉水旁邊，通往深處的通道傳來。

當我擺出架式守護身後的門，艾莉絲便向前踏出一步把劍架好。

希望起碼能夠溝通……

假如對手很難對付，暫時逃走也是個方法。

此時，腳步聲的主人現身。

光看一眼，我就瞬間明白對方是狠角色。同時，也明白這人並非無法溝通。

那名人物，帶著三名佩戴面具的人出現。

希瓦莉爾、阿爾曼菲，以及七星。

「你到的比吾想像中還快啊，魯迪烏斯・格雷拉特。」

出現的是……佩爾基烏斯。

「吾聽說霸王顎龍在此出沒……果然對你來說，這種程度根本稱不上試練啊。」

這是怎樣？是整人節目嗎？

像是吩咐要我過來接受試練，主謀者卻突然出現，喊著整人大成功的那種。

「……請問？」

「還在做什麼？快把嬰兒帶來這邊。」

我還在狀況外，佩爾基烏斯就以理直氣壯的聲音這樣說道。

他站在泉水旁邊等我過去。

這是怎麼回事？

總之，感覺不像是要戰鬥。

畢竟七星也彷彿精靈的一員一樣待在這裡。如果打算戰鬥，不可能會帶上七星。

不對，正好相反？就是因為想戰鬥才把七星帶過來？因為他早就料到這樣我沒辦法出手？

不對，怎麼可能，想太多了。偉大的佩爾基烏斯大人，怎麼會使出那種既卑劣又低俗的手段，應該不會吧，對吧？

總之，我先將希露菲與洛琪希帶進房間。

當洛琪希走進來的瞬間，佩爾基烏斯霎時皺起了眉頭。

「……佩爾基烏斯大人。有魔族。」

希瓦莉爾發出凝重的聲音。

不過希望她能睜一隻眼閉一隻眼。畢竟這裡不是空中要塞。

「算了，也罷。」

果然寬宏大量。簡稱寬大。

好啦，眼前是感覺可以讓一個成年人進去的泉水。

與其說泉水，靠近一看感覺更像是橢圓形的石造澡盆。

澡盆底部似乎刻劃著魔法陣，那就是光芒的源頭。在水中呈現不規則反射，照亮了整個房間。

儘管像是夜間泳池那般充滿幻想，但這很明顯是某種魔道具。

話雖如此，這個魔道具似乎並不完全。在澡盆深處也有刻劃著魔法陣石頭，但那邊並沒有發亮。

儘管澡盆周圍有用來嵌進某種東西的凹槽，但該處卻沒放任何東西。

恐怕是必要的零件不足。

「……這個是？」

「是洗禮祭壇。」

原來如此，洗禮祭壇。換句話說，要在這裡進行洗禮嗎？

此時，剛才回答我的希瓦莉爾動了。

她走到希露菲前面。

「請將嬰兒交給我。」

希瓦莉爾這樣說道，並伸出雙手。

希露菲身子猛然一顫，視線游移在我與那雙手之間。

「難道說，佩爾基烏斯大人要親自幫忙洗禮？」

我半開玩笑地這樣詢問後，

「沒錯。不服嗎？」

得到了這樣的回應。

「不！在下哪敢！」

換句話說，佩爾基烏斯是為了在這裡進行洗禮才要求我們來這，而他自己也抓準時間來到這邊嗎……？

不管怎麼樣，這裡也沒其他精靈。要是他想對齊格不利，在空中要塞動手簡單多了，感覺也不會突然勒死齊格，或是把他沉入水裡。

不過，也有可能是在空中要塞動手會毀壞物品，所以才多此一舉將我們引來天大陸……

不，佩爾基烏斯一直以來都很照顧我。

現在就相信他吧。

「希露菲。」

我這樣心想，對希露菲使了個眼色。

希露菲有一瞬間倒抽一口氣，但又像下定決心那般深呼吸，將齊格交給希瓦莉爾。

希瓦莉爾像是要溫柔地以雙手與翅膀包裹齊格那般抱住他，接著走到佩爾基烏斯的面前跪下。

然後，畢恭畢敬地將齊格交給佩爾基烏斯。

至於佩爾基烏斯，他坐在祭壇上，目不轉睛地盯著交到他手上的孩子。

「嗯……綠髮，微尖的耳朵。眼睛猶如閃光，但也給人溫柔的印象。是個好孩子。」

我也是這麼想，不過……

總覺得很緊張啊。根據這次洗禮的結果，會不會證明齊格就是拉普拉斯，當場殺死他？嗚嗚，雖然我並不是不相信他，但還是很害怕……先發動預知眼吧。

映在預知眼的，是佩爾基烏斯以單手撈水的畫面。

然後，這幕在一秒後化為現實。

佩爾基烏斯以單手撈水，接著用另外一隻手像是合起來那般拿著，用力捏散。

他雙手握拳，擺出了將手壓在自己肩上的姿勢。

這個姿勢靜止了幾秒鐘左右，然後他緩緩張開雙手，撫摸齊格的臉頰。

「吾，以甲龍王佩爾基烏斯之名，將恩惠授予人族所生的嬰兒。」

「藉由吾手洗禮，以吾名命名。」

「期許他能健康地突破自我，成為一名強壯、聰穎，溫柔的孩子，吾將此嬰兒命名為……

『薩拉丁』。」

佩爾基烏斯的手，應該說沾濕佩爾基烏斯雙手的水，隱約地發出黃色光芒。水亮了一陣子後，不久便消失無蹤。

佩爾基烏斯確認這點，接著便舉起嬰兒，交給希瓦莉爾。

希瓦莉爾恭敬地接過嬰兒，溫柔地抱著他挺起身子。

然後，她緩緩地走回希露菲面前，交出齊格。

希露菲以有些愣住的表情接回齊格。

我不由自主地窺視齊格的臉，但似乎沒有特別變化。他以符合出生後才一個月，沒有緊張感的表情，看著我與希露菲。頭髮也依舊是綠色。

這是怎麼回事？

「……請問？」

「哼。」

佩爾基烏斯用鼻子哼了口氣，挺起身子，緩緩地走向這邊。

然後他來到我的面前，淡淡說出衝擊的一句話。

「吾不清楚你在誤會什麼，但吾早已看穿那個嬰兒並非拉普拉斯。」

我大約有五秒沒辦法理解他說的意思。

「…………啊，是這樣嗎？」

「阿爾曼菲是吾之眼睛。吾不可能會錯認拉普拉斯。綠髮的色調與拉普拉斯有極大落差。眼睛顏色也有所不同。魔力更是沒什麼了不起。而且，也沒有那個可恨的詛咒……會令吾打從內心顫抖的那個詛咒。」

換句話說，自阿爾曼菲出現在生產的現場時，他就知道齊格並不是拉普拉斯？

「由於你實在太過在意，才會讓你來到這座祠堂。這盆水只要由特定人物觸碰，顏色便會產生變化。假如是拉普拉斯……便會發出紅光。」

「……可是剛才變化成黃色了？」

「儘管無法稱為神子……但他擁有強烈的拉普拉斯因子。是不是身體很健壯，或者莫名孔武有力？」

「是。」

原來如此，難怪我覺得力氣莫名大……原來是這樣啊。身體健壯也是件好事。

總而言之，齊格不是拉普拉斯嗎？鬆了口氣……

不過等等，這樣說來……

「也就是說，雖然完全沒關係，但阿爾曼菲卻闖進了孩子出生的現場嗎？」

「關於這點，吾向你道歉。看來吾偶然挑了個最壞的時機派人過去。不過，假如你的小孩就是拉普拉斯，反而是千載難逢的機會也說不定。」

咦——既然這樣就老實講嘛。這算什麼啦？真是——

「那麼，請問來這裡是為了什麼……」

「為了洗禮。自古以來，阿斯拉王國便流傳一個習俗，被委託為孩子命名的那方，就得在自己的出生地幫嬰兒洗禮再為其命名。而孩子的父母，得帶著出生沒多久的嬰兒旅行……不過，這習俗早已遭到遺忘。」

「……命名？」

「你為什麼愣著一張臉？之前不是約好了嗎？只要你把兒子帶過來，吾就幫他命名。今後，你可以稱那個嬰兒為『薩拉丁』。」

我有約定過這種事嗎？

不對，我好像有這麼約定。他說要把孩子帶過去時，記得好像有提到這件事。該怎麼說，我原本還以為那是開玩笑的。

「可是，那個，這孩子……」

「無須道謝，這是吾送你的小小禮物。」

佩爾基烏斯自顧自地說完，便挺起身子。

不是啦，這孩子好歹也取了齊格哈爾德這個出色的名字。

……該怎麼辦？

從氣氛來看已經沒辦法拒絕。

算了，也好。就叫齊格哈爾德・薩拉丁・格雷拉特。

聽起來沒那麼奇怪，而且感覺很強。只要說是佩爾基烏斯幫忙取的名字，身價也會更高。

嗯，還不壞。只要告訴自己還不壞就沒問題。我開始這樣認為了。

就這樣，齊格得到了新的名字，我們的洗禮之旅也劃上了句點。

不過，事情還沒有落幕。

我們用轉移魔法陣回到空中要塞，正想說總算可以回家了而安心之時，佩爾基烏斯命令我們再次前往王座之間。

身為魔族的洛琪希因為不被允許留在此處，所以她先回家了。

我原本以為希露菲也會回去，但她似乎有什麼想法，決定與我同行。

順帶一提，艾莉絲理所當然地雙臂環胸站在我的後面。

然後，眼前是十二精靈與佩爾基烏斯。

「那麼，雖然繞了一大段遠路，但也該切入正題了。」

佩爾基烏斯在空中要塞的王座上穩穩坐好，這樣說道。

正題？正題是什麼來著？

啊，對了。佩爾基烏斯找我來不只是因為孩子的事，而是因為有其他事情才會叫我過來。

「魯迪烏斯．格雷拉特。」

他以和剛才截然不同的嚴厲目光俯視著我。

怎麼了？我做了什麼嗎？

「你這傢伙，與阿托菲結盟了吧。」

啊。是這件事啊……

佩爾基烏斯與阿托菲的關係很差。

去找阿托菲之前，還是該向佩爾基烏斯先說一聲才對嗎……

「明明是要與拉普拉斯作戰，但你居然會先去找那個女人……為什麼不先來找吾？」

「那是，因為……」

「也罷。先前聽了你的信念，吾感到很痛快。就不提這件事吧。畢竟，吾原本就打算一個人與拉普拉斯戰鬥。」

可以嗎？

「因此，吾是為別件事找你。」

佩爾基烏斯抬起下巴，一名少女便走到前面。
是戴著白色面具，大約十六歲的少女。
不知不覺間，已經比我還有希露菲，都來得年輕許多的少女。
七星・靜香。泰然自若地混在十二名屬下之中的她走到前面，取下了面具。
然後，以剛毅表情這樣說道：
「歸還用的魔法陣已經完成了。」
「是嗎？終於啊。」
回答的人在我背後，是不知不覺間出現的奧爾斯帝德。
七星看到奧爾斯帝德，將拳頭在胸前緊握。
「是的。奧爾斯帝德。終於……雖然可能還稱不上完美。」
「幹得好。」
奧爾斯帝德的話很溫暖。
這句話聽來並不客套，但也正因為這樣，感覺得出奧爾斯帝德是發自內心。
「嗯……是！」
七星的聲音哽咽。
即將奪眶而出的淚水令表情扭曲。她將臉稍稍抬高，壓抑滿溢而出的淚水。
我也差點就跟著哭了起來。

歸還用的轉移魔法陣。

是七星所渴望的道具。她來到這個世界後過了十幾年，就只是為此而活。她一方面為強烈的思鄉病所苦，同時只為了回家的目標而努力。

從構思到假設，推翻後又重新構思。

在完成理論後磨練技術，同時也開始反覆進行實驗。

自她在佩爾基烏斯這裡開始修行後，已經過了將近五年。是段漫長的時間。

如今終於完成了嗎……

「魯迪烏斯。對不起，在你百忙之中還找你過來。」

「不，我讓妳等了好幾天，該說抱歉的反而是我……」

原來找我過來的是七星。

而且七星明明完成了她引頸期盼的魔法陣，卻毫無怨言，願意等我完成試練……

「沒關係啦。重要的是，那個，恭喜你兒子出生。」

「謝謝妳。」

「總覺得很令人驚訝……原來你有認真做好各種考量……」

認真考量……是嗎？

這也難說。

我反而覺得自己老是考慮得不太周全。

「最後的實驗需要相當龐大的魔力。我想你應該也有許多事情要忙，但還請你助我一臂之力。」

七星這樣說完後低下了頭。

她的眼神很有力。

是只差最後一步，看得見終點的人會有的表情。

「當然。」

「說不定會花上一個月或兩個月，沒關係嗎？」

「……沒關係。」

一個月嗎？

儘管我有理由拒絕，但情理上不能這麼做。雖然我想告訴她先等我打倒基斯再說，但我並沒有乖僻到會把這種事說出口。畢竟我已經讓七星等了很長一段時間。

「謝謝你。」

七星這樣說完，又低下了頭。

然後，她突然望向希露菲。

看著現在依舊擺出不安表情的她。

七星踩著小碎步走到她旁邊，交頭接耳地說了什麼。

希露菲聽了她的話後渾身一顫，以驚訝表情看著七星。

七星點頭，希露菲則是瞥了我這邊一眼，然後點頭。

「那麼，我們現在就移動到魔法陣那邊吧。」

雖然不知道她們說了什麼，但七星這樣宣言。

★希露菲葉特觀點★

老實說，我認為自己沒有看清周遭。

會自己一個人煩惱，深信得自己一個人設法解決問題，卻又覺得辦不到……

可是，仔細想想，我已經不是一個人。

我有許多能夠仰賴的家人。魯迪也是，雖然他可能是以開玩笑的心態說的，但他說：「要兄弟姊妹互相扶持活下去。」我雖然沒有兄弟姊妹，但齊格有。露西也是，最近她很努力地在當一個可靠的姊姊。

雖說還稱不上可靠，但畢竟是魯迪的孩子，只要有所成長，肯定會成為能夠信賴的孩子。

不過有一半是我的血統，這點倒是有點不安……

亞爾斯與菈菈也是，他們總有一天會長大。齊格並不是一個人。

況且，不只是家人。

七星也對我說。

要是有什麼事情煩惱，可以找她商量。

我沒想到七星會說那種話，令我稍微嚇了一跳。

不過，像是愛麗兒大人，路克以及札諾巴他們，克里夫也是，只要由我主動商量，他們應該會認真聽我說話。

我認為自己的髮色改變算是作弊，我總是在內心某處想著，要是我的頭髮是綠色，愛麗兒大人跟路克肯定不會和我成為那麼要好的關係。可是，一定不會有這種事，就像魯迪以前那樣，大家肯定會跟我處得很好，我現在是這樣認為。

當然，一開始或許會感到更加困惑。說我是綠色頭髮，是魔族，是斯佩路德族而引起騷動。

可是，我認為最後肯定會發展成像現在這樣的關係。

所以，我認為齊格一定也會交到那樣的朋友。

就像我受到魯迪教導各式各樣的事情，結交到那類朋友一樣。

我想，他應該能交到不會在意髮色的好朋友。

所以，我也不應該老是感到煩惱或是難過，而是要將這種事情教導給齊格才對。

我這樣心想，不經意地望著走在眼前的魯迪背影。

「……」

我不由自主地抓住了他的衣襬。

魯迪回頭望來。是一如往常溫柔，可是看起來卻又有些歉疚、不安的表情。是我讓他露出

這樣的表情。

「魯迪。」

我叫了名字後，他不發一語，以眼神示意周圍的人先走一步。

大家離開，我們兩個人獨處之後，魯迪把手繞過我的肩膀，輕輕地抱緊了我。

為了不壓到齊格，他的力道緩慢且溫柔。我被包覆在魯迪雖然纖瘦卻強壯的身體裡。因為他穿著鎧甲，觸感有些硬，卻很令人安心。

「魯迪……總覺得很對不起你。我前陣子好像變得有點不安。看到綠色頭髮，想起了以前的事，也在思考，將來的事。我以為這個孩子，不會受到任何人的祝福……」

「這也沒辦法。不管是誰都會感到不安。況且我也忘記要想名字。」

「嗯……再加上，你最近總是和洛琪希及艾莉絲一起去旅行對吧？所以，我才想說是不是得靠我一個人保護小孩……」

「才沒有那種事！」

我對魯迪堅決否定感到有些驚訝，不過也對。魯迪是會這麼說的。

「嗯。我知道。我雖然知道，卻忘記了。對不起。」

「啊，不是，妳沒必要道歉……」

「我變得有些脆弱了。」

我輕撫齊格的頭。齊格從剛才開始就在睡覺。他是什麼時候睡著的呢？

透過這次旅行，我認為齊格比想像中還要……該怎麼說呢？感覺他並不柔弱。不是力氣很大或是身體很健壯，就是沒來由地覺得他很強。

「可是，已經不要緊了。該怎麼說呢，看到旅行時的魯迪，就讓我安心了。我知道魯迪願意好好保護小孩。」

魯迪露出苦笑。這個表情的意思是「我身上有令人安心的要素嗎？」。

不過，魯迪表現得很自然。雖說齊格的頭髮是綠色，他也沒有因此驚慌失措，而且也鼓起勇氣面對佩爾基烏斯大人。

萬一其他小孩陷入了類似窘境，想必他也會這麼做吧。

「那個……希露菲葉特小姐。」

魯迪偶爾會像這樣在我的名字後面加上小姐。像這種時候大致上分為兩種模式，一種是想拜託某種色色願望時，再不然就是想為某件事賠罪的時候。

「怎麼了，魯迪烏斯先生？」

「我忘記幫孩子想名字這件事，妳其實可以對我發脾氣喔？」

「咦……可是，我其實沒生氣啊……真要說的話，反而是失望與不安的情緒更加明顯。」

我不由得害羞地這樣說道。

因為我只是聽到魯迪忘記想孩子的名字，就擅自認定不論是魯迪還是其他人都不會去愛著這個孩子而已。

……可是，魯迪卻一臉鐵青。

我這番話比想像中令他受到更大打擊……啊，不過也對。說得也是。沒有生氣，只是感到失望，這種反應反倒更加難受。

「……啊，這樣啊，原來我生氣會比較好嗎？也對，我下次會生氣的。你不可以再忘記我和孩子的事情了喔！」

「是。」

魯迪以難以言喻的表情點頭。

像這種時候的魯迪真的很可愛。記得他誤以為我是男的，脫掉我衣服時也是這種感覺……嗚，明明是小時候，而且現在已經看習慣對方的裸體了，可是一想起來就好難為情……

「那麼，我們走吧。得去幫忙七星才行。」

「嗯……話說回來，七星最後說了什麼？」

並不是什麼大事。「可以找我商量」，是真的很常見的一句話。

「祕密。」

可是，我卻這樣回應。因為七星不是對魯迪，而是對我說悄悄話，這點令我不由自主地覺得開心。

我笑了後，魯迪也以笑容回應。

「我說，魯迪。」

然後因為還很開心，我這樣說道：

「這次因為我變成這樣，害大家為我操心，可是下次，等孩子們長大，魯迪也穩定下來之後……這樣講感覺像是很遙遠的事情，不過到時大家再一起旅行吧。」

我這樣說完——

「嗯。」

魯迪就用力點頭回應。

我們兩個暫時凝視彼此一段時間。我自然而然地閉上了眼睛，魯迪輕輕地吻了我。

睜開眼後，總覺得有點害羞，卻又教人開心，令嘴角不由自主地放鬆。

「我們走吧。」

「嗯。」

我點頭回應魯迪這句話，追隨著大家邁出步伐。

與魯迪並肩同行。

第五話「異世界轉移魔法裝置」

空中要塞，地下十五層。

走下階梯後立刻就呈現在眼前的寬敞門廳，魔法陣就在那裡。

轉移魔法陣。

然而，它的形狀與我記憶中存在的大相逕庭。

而且規模十分巨大。

直徑是五十公尺，高度應該有一公尺吧？

似乎是以邊長一公尺，高度十公分左右的十塊正方形石板砌成石墩，接著在縱橫各組五十座排列而成。

而且，在魔法陣上還架著巨大的拱門。

從那道拱門內側也密密麻麻地刻著各式花紋，從這點來看，想必那也是魔法陣的一部分。

極為立體的魔法陣……不對，說是魔法裝置更為恰當。

「……沒看到這個，克里夫先生應該會很懊悔吧。」

因為是魔法陣，所以重新去帶過來的札諾巴這樣說道。

那個魔法裝置不僅壓倒性地巨大，而且還以精緻且縝密的方式描繪。

起碼我與札諾巴是畫不出來的。

即使是最近對魔法陣有多方研究的洛琪希，想必也很難辦到。

如果是克里夫或許……可是，克里夫也沒有畫出規模如此龐大的魔法陣的經驗。

「成品非常出色對吧。」

佩爾基烏斯挺起胸膛，就像是在炫耀自己的功勞那般說道。

不過我可以了解他的心情。既然自己的弟子做出如此傑出的作品，負責教導她轉移魔術的當事者會感到驕傲也是理所當然。

我想佩爾基烏斯本人八成也有參與製作。

「如何，奧爾斯帝德？」

「居然完成到這種地步……真令人驚訝。」

奧爾斯帝德不知不覺間出現，他看到眼前的魔法裝置後也深感佩服。

以兩萬五千塊石板製成的立體魔法陣。

即使奧爾斯帝德見多識廣，想必也沒看過吧。

那個狂龍王遺留下來的自動人偶，零件也頂多五十個，而且每項零件也不大。

然而七星所組的，就像是在表示不論多大也沒關係的巨型魔法陣。

「對吧。看那道拱門。」

「那也是一部分嗎？但似乎並沒有連在一起？」

「不，你錯了。那是用來確認成功與否的裝置。你知道轉移魔法陣在使用後會留下魔力殘渣吧。」

「嗯。」

「那會根據轉移魔法陣的種類而變化。因此只要測定魔力殘渣，就可判斷是否成功轉移到異世界。」

「連那種事都能辦到嗎？」

「呵呵呵，想不到博學如你，也會有被吾教導的一天啊。」

「……不，沒那種事。我從你身上學習了許多事情……各式各樣的。」

「哼。少在那裝蒜。自剛遇見時開始，你總是擺著知曉一切的嘴臉。」

佩爾基烏斯與奧爾斯帝德很要好地說著話。

從佩爾基烏斯的口氣聽來，他很得意自己讓奧爾斯帝德大吃一驚，但相較之下，奧爾斯帝德的聲音卻充滿懷念。

而且，稍微有點難受。

「魯迪烏斯。」

七星回頭，走向了我這邊。

「總之，我們先傳送簡單的東西試試。然後再藉此觀察轉移魔法陣特有的魔力殘渣，將判別是否成功的魔法陣調整為轉移到異世界用的。一旦成功之後，接下來是生物，最後是我。可以嗎？」

「是沒關係，但拜託可別發生轉移事件啊？」

「不要緊。這點……不要緊的。」

七星反覆說著不要緊。

反而教人不安。

剛才姑且是交給了我詳細的實驗紀錄，但量過於龐大，一時半刻根本看不完。

但是，七星一直以來反覆進行實驗，就是為了不引起轉移事件。

不管是我還是希露菲，也都為此幫過忙。

「妳有自信嗎？」

「有。」

那麼，就相信她吧。畢竟她好像充滿信心。

「那就開始吧。」

「好。那麼，首先從蘋果開始……」

看樣子七星事先就做好了準備。

她從放在房間角落的籃子取出了蘋果。

接著拿著那個登上魔法裝置，踩著小碎步走過去，放在魔法裝置的正中央。

「佩爾基烏斯大人，麻煩您。」

「嗯。」

佩爾基烏斯移動到魔法陣的相反方向。

不對，不僅是佩爾基烏斯，就連僕人們也成群移動，各自以固定間隔並排在魔法陣周圍。

唯獨希瓦莉爾移動到拱門底部。

「魯迪烏斯站在這邊。」

我按照七星的指示，站在與佩爾基烏斯剛好相反的位置。

該處畫著兩個就像是在表示「請把手放在這裡」的手型凹槽。

「等我一發出信號，就從這裡灌注所有魔力。」

「了解。」

我依言把手放下。

總覺得開始緊張了。我回頭望去，看向希露菲的方向，她愣著一張臉注視魔法陣，同時與札諾巴小聲地說話。

他們也對魔法陣小有研究，想必很有興趣吧。

艾莉絲並沒有加入對話。

她擺出一如往常的姿勢，以莫名自豪的表情仰望拱門。想必她只是單純喜歡巨大的東西。

在她後面靜靜地站著的奧爾斯帝德則是……

「佩爾基烏斯大人！請開始！」

「嗯。」

啊，不好，得集中精神。

雖說要集中精神，也不過只是灌注魔力而已，但還是得全神貫注。

「……開始。」

佩爾基烏斯與僕人們一同觸碰魔法陣。

下一瞬間，魔法陣邊緣閃現光芒。

然而，也只有角落而已。儘管位在角落的精緻魔法陣逐漸增強光芒，中央區域依舊是一片黑暗。

失敗了嗎？

「魯迪烏斯。」

「好。」

我依言從雙手注入魔力。

瞬間，右手陷入了彷彿貼在魔法裝置上的感覺。

我可以知道魔力正以驚人氣勢被吸走。不知為何只有右手，左手雖然也有被吸走魔力，但與右手相較之下少了些。

應該要加強左手的魔力嗎？

當我這樣心想的瞬間，從左手被吸走的魔力量爆發性地增加。

相對的，從右手被吸走的量則減少了。

右手、左手、右手、左手。

吸取魔力的力道交互變化。若仔細去感受，可以發現從指尖與手掌所吸取的魔力量也有微小不同。

但感覺不像是機械式操作，而是人為所致。

操作這個部分的……是佩爾基烏斯嗎？儘管看不到臉，不過這代表他的工作並非啟動就好。

然後，負責輔佐的是僕人。啟動之後並非全自動，還得進行操作。果然是魔法裝置嗎？

魔法陣的光芒逐漸增強。

藍色、綠色以及白色，顏色依序產生變化，讓整個房間充滿前所未有的耀眼光芒。

甚至已經亮到什麼都看不見的地步。

這是魔法陣的光量嗎？從沒看過如此耀眼的魔法陣。

不對。

我曾看過一次。這是，轉移事件時的……

啪——

一聲響起。光芒隨之消失。

不，並非完全消失。

拱門。唯獨拱門的光隱約照亮著周圍。

然後，在拱門的正下方。

魔法陣的中央。放著蘋果的地方。

「剛才」放著蘋果的地方。

該處殘留著蒼色的某種物質。

感覺像是蒼色粒子。那東西輕飄飄地浮在周圍，慢慢消失。

「實驗……成功了。」

「……」

沒有任何人回應希瓦莉爾這句話。

她也不等回應，而是在旁邊的紙上寫下紀錄。

「接下來，我們要分析魔力殘渣，提高轉移到異世界的穩定性。只不過這項分析之前已經有過數據，並不會花上太多時間。」

我一邊聽七星說明，同時將手離開魔法陣。

「魯迪烏斯，你不要緊吧？」

這樣一問，我回想起剛才魔力被吸走的感覺。

只不過一次。頂多只啟動一兩分鐘，就消耗那麼多魔力。要是多做幾次，想必會立刻耗盡。

「不要緊，只是沒辦法做好幾次。」

「是嗎……辛苦了。基本上我計劃的步調是每一兩天進行一次。今天請你好好休息吧。」

七星這樣說完後低下了頭，轉身跑向佩爾基烏斯的方向。

她與研究小組聚在一起做了各式各樣的討論，同時寫下紀錄。想必是要將這次的結果統整為報告，活用在下次實驗吧。

轉移到異世界的系統本身已經完成。

再來，就是完美完成那道拱門，一方面解析剛才那類似魔力殘渣的東西，同時將轉移的物體變化為更接近七星的物品。

況且，還得花上一個月左右。

明明基斯還在採取行動，被占走這麼多時間實在很傷腦筋……不過這也無可奈何。

不如就換個心態，當作自己打算拉攏佩爾基烏斯成為伙伴卻以失敗收場，好好加油吧。

實驗開始後，已過了兩週。

這段期間我一邊往返家裡與空中要塞，一邊進行實驗。

實驗會消耗相當大的魔力。

很難講一天能不能完全恢復。為了實驗，也為了以防有敵人在這個時間點發動襲擊，我決定在日常生活中極盡可能地不使用魔力生活。

下了這個決定後，轉眼間便閒得發慌。

不，也並非無事可做。

像是與札諾巴討論販賣人偶的經營事宜、與洛琪希商量魔導鎧的改良點、透過石板與各地

的協助者交換情報、與奧爾斯帝德討論有關今後動向卻沒有結論的話題，鮮少空閒的日子。

只不過，與總是外出旅行的這一年半相較之下，是輕鬆了不少。

儘管有時候也會有人用通訊石板要求我判斷各地傭兵團與人偶事業的狀況，但夏利亞有許多人能給出意見，所以也不需要我從零思考。

再加上花在移動上的時間不多，睡前也能夠陪陪孩子們。

像是與能夠讀心的塞妮絲聊一整天發生的事、與來玩的艾莉娜麗潔聊著克里夫的話題、幫忙教菈菈說話、看著露西學習、惹亞爾斯哭，還有幫齊格換尿布之類。

可說是無憂無慮的時光。

這就是終年無休，辛勤工作的上班族請到久違的長期休假時才會有的心情嗎？

大概可以明白奧爾斯帝德最近鮮少離開夏利亞的理由。

儘管有時也會認為這樣沒關係嗎，但畢竟人需要休假，我或許也該為了即將來臨的那一刻稍微放鬆一下。

要是還能再加上夜晚的閨房樂趣就沒話說了，不過禁慾的魯迪烏斯是個能在達成目的前忍耐的好孩子。

★　★　★

好啦，像這樣過了一個月，實驗轉眼間便結束了。

實驗進行得相當順利。

隨著實驗的進行，傳送到異世界的物品從水果變為生物。生物也逐漸變大，每次都為此而再三進行調整。

最後成功將相當於七星體積三倍大的馬送往了異世界。

根據拱門的測定結果。

可以得知馬被傳送到「異世界海拔十公尺到三十公尺以內的陸地」。

海拔十～三十公尺的陸地。

那就是從這邊可以限定的極限。

從那些魔力殘渣，不可能知道會飛往日本還是美國。

這邊世界的轉移魔法陣模式能適用在異世界的，就是「會飛到陸地還是海洋」「陸地大約有多高」這樣。

話雖如此，如果按照這個設定，在轉移瞬間當場死亡的機率想來會大大降低不少。

不過雖說是異世界，也不清楚那是不是我們所知曉的世界。

當然，由於從另一邊召喚了寶特瓶以及其他東西，這個可能性很高。

可是，即使這樣也沒辦法篤定。也有可能是與我們所知曉的世界非常相似的其他世界。

就算是我們的世界，如果是海拔十～三十公尺的陸地這種模稜兩可的設定，也很有可能被

傳送到遙遠的異國他鄉。

再加上得從該處徒步返家。雖說只要準備大量的糧食、水及防寒用具，再帶上應該能在另一邊兌換金錢的物品轉移，抵達日本的可能性就相當大，可是……依舊是段艱辛的旅程。

但是，七星似乎還是要去。

她已經做好了覺悟。

下次要正式來了。傳送七星本人。

考量到我的魔力，訂在三天後正式執行。

★　★　★

最後一次實驗結束後過了兩天。

七星來到了我家。

「我想在最後借一下你家的浴室。」

她嘴上這樣說，但充其量只是場面話吧。

「不然幫妳辦個歡送會如何？」

「不，那倒不必。」

七星這樣說著，便走向我家浴室消失不見。

現在，她正在浴室一個人享受吧。

我不清楚她內心的想法。是因為想在正式開始前轉換心情，或者只是單純想來道別？

難道她想與我共度春宵，作為在這個世界的回憶嗎？既然這樣我應該現在就闖進浴室……不，想太多了。是禁慾的魯迪烏斯壓抑過久的色慾所引發的妄想。若真的動手，希露菲肯定會大發雷霆。退去吧，魔羅。

因為她昨天好像去找留在夏利亞的熟人們話別，應該是為了道別吧。

所以在這個世界生活的最後一晚，她選擇來向我的家人道別。

那麼我能做的，也只有私底下麻煩愛夏與莉莉雅，準備一頓比平時更豪華的餐點。

主要是馬鈴薯之類的。

今天諾倫似乎也會回家，雖然心意微薄，就讓我們以溫情祝福她離開吧。

「喂，別跑。」

「不——要——」

當我一邊思考著送行計畫，一邊與希露菲照顧齊格時，露西衝進了客廳。

光著身子。她就這樣跳到了我的大腿上。

「爸爸，救我！」

這是什麼事件嗎？

居然會有全裸的少女向我求救，露西是什麼時候變成這種魔性之女了！

要是拒絕還算什麼男人。交給我吧。哪怕對方是龍神還是魔王，我都會把他們揍得落花流水。

「魯迪烏斯！」

出現在眼前的，是紅髮的魔神。

她也裸著上半身。不行啊，禁慾的魯迪烏斯對這點沒有抵抗力。會被打中要害。這下贏不了。

「魯迪烏斯，幫我捉住露西。因為她不想洗澡。我教她練劍練到剛剛流了很多汗，可是她卻說不要洗。」

我捉住了露西。

露西對不起。可是，運動後必須洗澡才行。

「不要！因為紅媽媽很粗魯！」

「粗魯？艾莉絲……凶我是沒關係，但妳不能打小孩啦。」

「很失禮耶，我才沒打！我只是……比較不會洗頭而已。」

原來是這樣，我望向露西一看，她邊鼓著臉頰邊抱怨說：「嗯，讓紅媽媽洗頭，眼睛會很痛。」

這樣啊，原來是這個理由。

對不起艾莉絲，妳再怎麼樣也不會打小孩子嘛。

「那麼，露西，妳剛好趁這個機會學會自己洗頭吧？」

「……爸爸幫……我知道了。」

露西話說到一半，中途就抿緊嘴巴，被艾莉絲帶回去浴室了。

「她是不是想要魯迪幫她洗呢？」

「……嗯，或許吧。」

不過，現在七星正在浴室洗澡，我可不能進去。

啊。

話說回來，我沒跟七星提到途中可能會有人闖進去……

不，她應該知道吧。畢竟我家從剛蓋好的時候，就訂好了好幾個人一起洗的規矩。

事到如今就算有誰闖入，七星也不會有怨言。

然後過了一會兒，洛琪希與諾倫回家，她們帶著菈菈進浴室洗澡。

就像是與她們剛好錯開那般，七星與艾莉絲，以及露西熱氣騰騰地從浴室回來了。

或許是因為泡了很久，大家全身紅通通的。

「爸爸我跟你說喔，七星姊姊有教我怎麼洗頭！」

「這樣啊，謝謝妳七星。」

「不客氣。」

七星似乎幫忙照顧了露西。

或許是因為她在浴室時也和艾莉絲聊過，兩人之間沒有尷尬的氛圍。

洗澡果然很偉大。

裸裎相見是通往和平的道路。

最後我和希露菲帶亞爾斯洗澡，接著便是晚餐時間。

菜單是肉、蔬菜及米飯。

然後還有馬鈴薯。洋芋片及薯條。都是垃圾食物。

七星縮在我家餐桌的角落，然而卻毫不客氣地大口吃著洋芋片。

明明回到家後要吃多少都沒關係。

真的是個很愛吃的薯片女。

「飯很好吃。」

不僅是垃圾食物，她連米飯也吃得津津有味。

「在空中要塞也能吃到米飯吧。」

「不過，我比較喜歡這裡的……大概。」

「這樣啊。」

我家的米是夏利亞產的愛夏米。

品牌名稱乾脆命名為女僕美人好了。

是由未滿二十歲的處女女僕（所召集的一群渾身肌肉的強壯男子）揮灑汗水灌溉的田地所栽種，符合我喜好的逸品。

口味調整為適合日本人的舌頭。

「妳以後也吃不到這邊的料理了……得好好咀嚼後再吃喔。」

「口氣別突然變得像媽媽一樣啦。」

說完這句話，七星便不發一語吃了一陣子。

「……」

不知不覺間，她的視線並不是對著我，而是看著我的家人。

露西興高采烈地在講最近發生的事情，而諾倫是她熱心的聽眾。

洛琪希對希露菲說著各種與魔法陣有關的話題。

艾莉絲與愛夏分別餵著菈菈與亞爾斯，而莉莉雅與塞妮絲則是在旁守望。

這是從前所無法想像的熱鬧光景。

七星目不轉睛地注視著眼前的景象。她果然是在懷念老家嗎？

正當我思考這件事時，已經吃完飯了。

用完餐後，七星暫時陪孩子們玩了一會兒。

或許是因為裸裎相見，露西很喜歡七星，亞爾斯被七星抱住後，則是滿臉笑容地將臉埋進胸口。

而菈菈還是老樣子……

「七星，妳今晚就住下來吧。」

最後，由於希露菲這樣的發言，她便留在我家過夜。

感覺已經是理所當然的發展。

話雖如此，客房已經用來當孩子的房間一段時日。

由於沒有客人能過夜的地方，便決定要將希露菲的房間借她睡一晚。

★★★

當晚，我和七星聊了天。

在眾人安靜入睡的家中。我們在客廳，兩個人面對面，由透過窗戶映照的月光，以及暖爐火焰的照耀下，小口小口地喝著酒。

聊的話題其實很無聊。

像是佩爾基烏斯的興趣，或是希瓦莉爾對佩爾基烏斯有多麼傾心之類。

奧爾斯帝德與佩爾基烏斯的關係雖然不好，但看起來似乎是認同彼此的實力之類。

真的只是在聊些不著邊際的話題。

「魯迪烏斯，你已經是個出色的大人了呢。」

我們聊著聊著，七星突然這樣說道。

「是嗎？」

「第一次見到你的時候，你還是個大約小學生的小孩子，下次再見面時已經是國中生。老實說，我也曾經有一段時期認為你比我還要年輕……可是，最近已經是大人了。畢竟你結了婚，也生了孩子。」

「並不是只要結婚生子就算大人吧。」

大人還是小孩什麼的，老實說我不是很明白。

不過我前世是個大孩子，這點毫無疑問。

「是啊。不過，你最近比我來得更像個大人。」

「是嗎？」

「嗯，像是孩子的事情、家人的事情，你會考量到許多層面……相較之下，我卻完全……沒有任何改變。」

「怎麼會呢。」

七星與以前相比，也改變了不少地方。

以前的她更不願意和別人親近。

是無敵的塞倫特·賽文斯塔大人。

「如果是以前的七星，肯定不會陪我家小孩玩耍。」

「是這樣嗎……不過，有部分也是因為被你救了一命。因為在那之前，我從沒想過要與這世界的人有任何瓜葛。」

「若是在原本世界，妳好歹也照顧過小孩吧？」

「……大概……不對，我想自己或許會拿學測之類當作理由，而對他們冷漠。我記得段考也快到了。」

學測還有段考。

真令人懷念的名詞啊。

「那邊可能也過了好幾年吧。」

「……別講這種討厭的話啦。」

「噢，對不起。」

她自從來到這邊後，大約十五年。

要是在另一邊也過了十五年，她就是浦島太郎。

轉移的瞬間，七星也很有可能突然增長了十五年的歲數。

「不過，我總覺得時間並沒有經過太久。」

「為什麼？」

我以有著醉意的腦袋敘述自己的想法。

「我和七星是在同一天被卡車撞到吧？可是，我卻比妳早將近十年來到這個世界。那麼，我想另一邊與這邊流逝的時間應該不同。所以沒問題的。」

「嗯，是啊——」

七星突然擺出沉思表情。

「…………等等，在同一天被卡車撞到，是什麼意思？」

啊。

「難道你在現場？」

「呃，那個……」

「等一下，咦？不會吧……」

七星用手指抵著額頭，像是要想起什麼似的閉上眼睛。

接著，她猛然抬頭。

「當時的胖子。」

啊……啊啊啊……搞砸了……

都怪我喝了酒。我明明很小心的。是說，也太失禮了。怎麼可以叫別人胖子啊。雖然確實是很胖啦……

「哇~這樣啊，原來是那個人啊，那個人就是魯迪烏斯……！咦？居然變得這麼帥啊，哦……！」

七星用手摀住嘴巴，瞪大雙眼。

看起來相當亢奮。原本以為她會覺得噁心，看起來反而很開心。

「那個，七星小姐……可以的話，那個啊，我希望妳能夠幫我向大家保密。」

「為什麼？」

「……怎麼說呢，我覺得被知道這件事會被拋棄。」

「我不認為大家是因為長相才選擇魯迪烏斯的啊……」

「就算這樣，我也是會有事情想跟大家保密。」

「……也對。」

七星緩緩地重新坐回沙發。

不知道她是理解了，還是認為太煩人的話我會不肯幫她。

「畢竟魯迪烏斯和我不同，是『轉生』嘛。」

「嗯。」

沒錯，轉生。我無法再回到過去。儘管我沒有打算捨棄一切，但也不想主動讓別人看到這一面。

況且，我認為前世的自己有點丟臉。

雖然是因為那個無能的自己才有了現在的我，但就算這樣，感到丟臉的事實依然不變。

「知道了。我會藏在心底。」

「……拜託了。」

此時，因為提到前世讓我想起來了。

「哦，對了。差點給忘了。」

「怎麼了？」

「雖然也不是因為身分曝露才這樣說……我希望妳幫忙把這個送到我前世的老家。」

我這樣說完，將一封信遞到桌上。

稍稍厚重的信封裡，溢滿了我對前世兄弟們的思念。

來到這邊後過了二十幾年。

我也遇上了許多事。經歷了風風雨雨之後，我想如今已經能挺起胸膛說自己與當時不同。

但也只是不同，就算嘴巴裂開，也沒辦法說自己變得很了不起……

不管怎麼樣，裡面寫滿了我對當時所作所為的歉意、過往回憶，現在的狀態等事情。

假如七星轉移到了日本，而且時間差距連一天都不到，他們或許會認為那傢伙到底在說什麼……

算了，就算這樣也沒關係。

這是自我滿足的行為。

「我知道了。」

七星小心翼翼地將那封信收進懷裡。

「我一定送達。」

「拜託了。」

轉移過去後未必會在日本。轉移之後，七星也不見得能回到日本。而且也不清楚過了幾年。說不定我大哥他們也已經搬家，肯定很難找到他們。

但是，她依舊毅然決然地點頭答應。

「然後，是這封。」

我又遞給她另一封信。這封比剛才信薄了些。

「萬一在另一邊已經過了好幾年，妳無人依靠，也沒有容身之處，上面寫著……希望我前世的兄弟，就算只是一陣子也好，能幫忙照顧妳。」

「……！」

七星收下信的手在顫抖。

「怎麼可以……」

「不過，因為我在那邊不受歡迎，或許不會把妳當一回事……但至少帶著吧。」

「你不受歡迎嗎？」

「嗯，因為我是個無職的啃老族。」

反正她回到另一邊遇見我的兄弟，到時也會穿幫。

「有點難以置信……」

七星這樣說完，仔細地盯著我的臉。

能夠聽到她這樣說，也證明了我有努力過吧。

如果是這樣，會很令人開心。

「可是，萬一變成那樣，到時我會心懷感激地使用。」

七星很寶貝地將那封信抱在胸口，垂下頭。

「你真的是為我設想周到，謝謝你。」

七星明天就會回去。

實驗很完美。那道魔法陣沒有一絲瑕疵。

然而，我內心卻殘留著一絲不安。

縝密的準備、反覆進行好幾次實驗所做的魔法陣。七星看起來充滿了信心，誰也不認為會失敗。

可是，卻有不安要素。

還剩下一個。

事到如今，我並不打算特地說出來煽動她的不安情緒。

基本上關於那件事，七星應該也知道。

可是她卻沒說。說不定已經做好應對。

「……明天，就回去吧。」

所以，我只這樣說。

「好。」

七星點頭。

我感覺只要有堅強的意志，就算有些許障礙應該也能強行突破。

第六話「七星的末路」

七星回歸的日子到來。

出現在轉移魔法陣房間的，只有我、佩爾基烏斯以及僕人們。

之所以沒人來送行，是基於七星的要求。既然她已經道別完了，想來至少見到了想見的人。

陣容一如往常。

我是魔力坦，佩爾基烏斯負責控制。

七星站在魔法陣的中心。

她揹著大背包，以出門遠行的模樣站著面對我。

在那個背包裡面，塞滿為了因應各種可能發生的事態而準備的各式各樣物品。

話雖如此，不管是我還有七星，在另一邊的世界都沒到過國外旅行。

所以，她準備了能在任何地方換錢的物品，以及七星本人的身分證，雖然不知道能不能在

另一邊使用，也帶上魔力結晶＋捲軸這類物品。

我在旅行那陣子認為需要的東西，基本上都帶齊了。

再來，想必也只能靠智慧與勇氣設法克服。

「……」

七星看著我，我看著七星。

我們不發一語。該說的，昨晚都說了。如今已無須多言。

「魯迪烏斯！準備好了嗎！」

聽到佩爾基烏斯的話，我用手觸碰轉移裝置。

方法一如往常。至今為止已經以實驗之名練習了好幾次。

儘管並非每次都能成功，可是一旦失敗就會釐清原因，為了下次不再犯下相同錯誤進行調整。

無論是我還是佩爾基烏斯，都已經相當熟練。

不過我就算稱得上熟練，但負責的工作終究只是注入魔力罷了。

「我這邊沒問題。」

「七星，好了嗎！」

七星朝向佩爾基烏斯點頭。

「是，佩爾基烏斯大人，一直以來承蒙您關照了！」

「無須道謝。吾也學會了有趣的術式。」

佩爾基烏斯與七星的道別也是如此簡潔。

兩人立刻別開視線。

七星朝向我這邊，佩爾基烏斯也對僕人使了眼色。

「好，開始。」

佩爾基烏斯一聲令下，轉移裝置啟動。

步驟和往常一樣。佩爾基烏斯與他的僕人們一齊伸手觸碰魔法陣。確認魔法陣邊緣發出微弱光芒之後，我再抓準時機供給魔力。魔力正以驚人氣勢被狠狠吸走，但我已習以為常。

然後，就像是在呼應我身上所供給的魔力那般，魔法陣的光輝愈發強烈。

藍色、綠色然後是白色，魔法陣一邊變化顏色一邊發出光芒。

在這驚人的光量中，我只是聚精會神，留意魔力的供給上不會有任何差錯。

歸功於反覆進行實驗的結果，我已經知道該在什麼樣的時機供給魔力。

秉持著平均輸出、不浪費，而且絕對充足的條件下，確實地灌注魔力。

魔法陣一如往常，綻放出黑色光芒……

奇怪？

以前曾經有過黑色嗎？總覺得有不好的預感。

「魯迪烏斯！」

聽見了佩爾基烏斯的吶喊。黑色光芒持續增強。應該要繼續，還是該停止？不是負責控制的我沒辦法判斷。

「佩爾基烏斯大人！請給指示！」

「再給更多魔力——！」

我按照指示，增加灌注在魔法陣裡的魔力。

注入了令我雙腳疲軟，視野模糊的龐大魔力。

魔法陣的黑光沒有變化。然而，卻有某種東西要溢出的感覺傳達到我的手上。

這種事情還是第一次。

是不是不太妙啊？該怎麼辦？我應該要自己下決定，停止供給魔力嗎？

但是，佩爾基烏斯說要更多魔力，我就相信他——

——啪……！

有某種東西裂開了。

然後，就像是拉下總開關那般，魔法陣失去了光芒。

一瞬間。照以往狀況，光芒會以一定速度緩慢消失，這次卻發生在一瞬間。

簡直就像是被某種存在吸走魔力那般，突然消失不見。

「……」

並非全都消失。

擺放在房間四個角落的燭臺正發出亮光。

但是，房間裡面卻被寂靜所包圍，猶如電源突然被拔掉的電腦一樣。

然後，當然——

不須多說。

七星依舊留在現場。她無所適從，站在魔法陣的正中央。

在場的人都是一臉茫然。我也是如此，儘管不清楚僕人們的表情，但感覺得到他們困惑的情緒。

「……為什麼！」

佩爾基烏斯大喊。

「為什麼！魯迪烏斯・格雷拉特！」

「咦？」

我？

「為什麼中途就不再供給魔力！」

不再供給？什麼意思？

「我有好好供給魔力。」

「那麼，為什麼會發生那種……」

意思是魔力的供給消失了？

可是，我沒有停止輸出魔力。反而還增加了。這是怎麼回事？難道是我的手突然沒辦法釋放魔力嗎？

但若真是那樣，身體現在卻明顯感到疲憊，是消耗龐大魔力時才有的感覺。

「如果魔力中斷，魔法陣應該會失去光芒。」

「也對……確實有魔力流通……但是，並沒有流動到吾這邊……簡直就像是被某人搶走了魔法陣……」

我望向魔法陣，看得見有一部分裂開。難道是蟲子鑽進了魔法陣的某處造成短路？怎麼可能。這套裝置應該沒設計得那麼脆弱。

「唔……」

佩爾基烏斯擺出若有所思的表情，用手抵著下巴，此時，七星從魔法陣走了下來。

「……」

七星不發一語。

她默默地卸下了背包，猶如夢遊患者似的走出了魔法陣的房間。

我望向佩爾基烏斯，他依舊百思不解。不知道是不是錯覺，僕人們看起來也顯得驚慌失措。

該怎麼辦？

我想知道失敗的原因……不，這裡就交給佩爾基烏斯吧。

我追上了七星。

七星坐在自己房間的床上。

垂著肩膀低著頭。由於她臉朝下看不見表情。然而從整體姿勢來看，可以感覺得到她滿是疲憊與灰心。

相對的，我對這次失敗並沒有受到太大打擊。

「……」

老實說，我想過這次有可能失敗。

來自未來的我。

成為老人的我說過，「她會在最後的最後功虧一簣」。

而那個最後是指現在，還是指更久之後？她到底是何時、在哪，以什麼形式導致失敗？

這部分我並不了解。就是這次嗎？還是說不是呢？事到如今我才覺得要是有問清楚就好，但後悔也無濟於事。

況且，來自未來的我也說過，他沒能安慰七星。

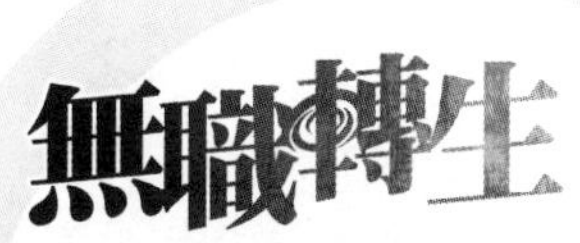

失敗之後，七星怎麼樣了？儘管他對這部分含糊其詞，但毫無疑問是以悲傷且慘痛的結局收場。

換句話說，就是現在。

我現在，在這裡，必須要有技巧地安慰消沉的七星。

不過，該怎麼安慰她才好？任誰都會經歷失敗。不要耿耿於懷，期待下次吧之類……太老套了。想必未來的我肯定也說過這種話。

不對，未來的我似乎相當放蕩，搞不好沒說過。

反而可能說了些更過分的話，將七星逼到絕境。

因為他好像是個很過分的傢伙，搞不好說了什麼：「反正回不去，就當我的女人吧。」然後襲擊她。

……好想知道是怎麼失敗的。

不，我必須自己思考。

要是有不正確的例子，自然會很想知道，但本來就沒得參考。我必須以自己的話語安慰七星。

呃……我平常是怎麼做來著？

安慰希露菲時，是像這樣，坐到旁邊。像這樣，把手繞到肩上。

「你就是這樣攻略那三個人嗎？」

仔細一看，七星抬起頭，以上吊眼盯著我。

……確實，這樣根本是在追求。

「失禮。」

我把在七星的肩膀一帶引起 Hover Hand 現象的手收回膝上。（註：Hover Hand= 懸空的手，指拍照時男性為了禮貌而不將手直接觸碰女性呈現懸空狀態）

「那個，七星小姐。請問，是否可以，占用妳一點時間？」

「怎麼？我很忙耶。」

「哎呀，別這麼說嘛……一個人獨處的時候啊，就必須找個人吐露心聲，讓自己輕鬆點才行。雖說並沒辦法解決問題，但要是之後面對問題時，會因為內心是否生病而對效率……」

此時，我望向七星那邊，映入眼簾的是在她大腿上攤開的一本筆記本。

頁面上寫的是日文。

寫著「在最終階段失敗時的假設」。

「幸好我有事先聽你說過會失敗的事情。」

七星邊這樣說，邊用手指滑過筆記本上的文字。

「萬一在一無所知的情況下失敗，我肯定滿腦子都會認為魔法陣有缺陷。」

七星抬起頭。

她的臉上絲毫感覺不到失落。剛才看到的疲憊與灰心，似乎是我會錯意了。

果然，七星在腦海一隅也留意到了失敗的可能性。

那麼就沒必要安慰她了吧？不對，我想她應該還是會感到失落⋯⋯

當我正在胡思亂想，七星又低下頭，將視線落在筆記本上。

「噯，你還記得之前提到這件事時我說的假設嗎？」

假設？假設啊⋯⋯

是什麼來著？我記得有聽過。好像是荒唐無稽的論述。沒什麼印象。

「對不起。是什麼來著？」

「⋯⋯」

七星小姐又再次給出不悅的眼神。對不起啦。

「好吧，我簡單總結一下⋯⋯」

七星開始說明。

說是這樣說，但也只是照著筆記本唸。

「首先，菲托亞領地的（召喚我）轉移事件，本來應該是不可能發生的。」

「為什麼本來不該發生的事情卻發生了呢？我聽說未來的你曾來到這裡，才想到可能是未來的某人將我送到了過去⋯⋯不，是將我『放在過去』。」

「要將原本不存在的人放在過去，就等於改變歷史。導致全世界的總魔力量沒辦法對上，所以才會發生消滅一整個領土來使其『對得上』的事件。」

喔喔，我的確聽過這件事。

不過，當時因為忙著處理其他事情，後來就淡忘了。

儘管聽來很荒唐無稽……不過看她精神奕奕地說起這件事，想必她真的沒受到打擊吧。

不，應該沒那回事。說不定她只是有些精神錯亂。先奉陪她吧。

「到這裡為止聽得懂吧？」

「嗯。」

七星翻了筆記本。

然後上面寫著「是誰？為了什麼？」。

「接下來要進入正題。我的假設是未來的某人改變了歷史。為什麼是『未來』？那當然是因為奧爾斯帝德這個存在。他是從『過去』被送來，在『現在』進行輪迴。以現在來說，奧爾斯帝德是不會受到任何人介入，能輪迴到勝利為止的最強存在。」

奧爾斯帝德是被他的父親，初代龍神所送來的吧。

然後，那個初代龍神在奧爾斯帝德身上施加了在固定期間輪迴的祕術。根據奧爾斯帝德的預測，只有打倒人神才能脫離這個輪迴。儘管目前還未能成功，但總有一天能打倒。確實是最強。

「我認為，我們之所以會被送來，應該與這場龍神與人神的戰爭有關。」

「那是為什麼？」

「因為我在轉移之後，第一個遇見的就是奧爾斯帝德。後來，我遇見了你。你大大地改變了奧爾斯帝德的命運。因為我們介入了奧爾斯帝德的輪迴。」

奧爾斯帝德為了打倒人神而不斷輪迴。

儘管不知道哪邊會贏，但如果敗北的那方透過某種手段，改變了過去。為了拿下勝利所做的布局，就是將我和七星放在這個時代……

敗北的是誰？

是奧爾斯帝德。他就是贏不了才會不斷輪迴。

換句話說，有可能是未來的奧爾斯帝德召喚了我們。

「可是，並不是奧爾斯帝德。他辦不到。」

沒錯。因為奧爾斯帝德打算在不改變過去的前提下戰勝人神。

就算他辦得到，是奧爾斯帝德改變了過去，那麼他應該不是將我們放在自己正在輪迴的時間之中，而是更遙遠的過去。

比方說，為了不讓拉普拉斯在第二次人魔大戰分裂。或者說，輪迴次數更多的奧爾斯帝德，也有可能介入在過去輪迴中的自己……不過並不清楚這麼做的理由。

「人神也辦不到。人神就算在這個輪迴應該也會勝利……奧爾斯帝德也這樣說過。」

奧爾斯帝德沒注意到基斯的存在。

因此，他認為再加把勁就能取勝。應該絲毫沒想到自己會被一顆微不足道的石頭絆倒。在這個輪迴，要是我們不在，人神想必會拿下勝利。那麼，人神沒有改變過去的必要。

「那麼，是誰？為了什麼？」

「這就是正題。雖然說穿了也只是假設……」

七星輕輕地指向寫在筆記本上的名字。

上面寫著「篠原秋人」。

然後，底下也寫著「黑木誠司」，不過這裡畫了個大叉，而旁邊則寫著「魯迪烏斯‧格雷拉特」。

「昨天，我知道你的真實身分後才想起來。當時，我被秋……被篠原秋人抱著，而黑木誠司被你所救，偏離了卡車路線。也就是說，我想他應該沒被轉移。」

「當場被卡車輾過的有三人。其中有兩個就在這裡。不過，剩下的另一個人，卻不在這個世界。」

「而且，你比我早了十年轉移過來……換句話說，我在想當時現場同時轉移的三人，會不會分別轉移到了不同的時間。」

我其實是轉生……算了，也沒那麼大的差別。

「你在我之前，那麼，就算有人在我之後轉移也很正常。沒錯，篠原秋人轉移到了比現在更遙遠的未來。然後，篠原秋人遇見了奧爾斯帝德。在這個輪迴，奧爾斯帝德才第一次發生了變化。而且，將篠原秋人納為伙伴的奧爾斯帝德領悟到無法戰勝人神……為了勝利採取了行

動。」

未來的人物，改變了過去。

「……所以那與菲托亞領地消滅有關？篠原秋人這名人物，是能夠改變過去的超能力者嗎？」

「不能。可是，就如同我們在這個時代與形形色色的人相遇，他應該也遇見了各式各樣的人。擁有能改變歷史力量的某個人……」

神子。

這個單字浮現在腦海。看到札諾巴的怪力時並不覺得有什麼特別，但米里斯的神子，只要注視對方的眼睛就會看到記憶。換句話說，就算有個足以改變歷史的神子存在也不足為奇。

我要是沒有和來自未來的年邁自己相遇，想必也會與那本日記上過著相同的人生。

換句話說，這次的歷史確實已有所改變。

雖然我沒什麼實際感受……但不管怎麼樣，這是個存在著轉生與轉移術法的世界。就算有可能改變歷史也沒什麼好不可思議。

「奧爾斯帝德有說他知道誰有這樣的能力嗎？」

「有。他說是叫『倒退物體時間的神子』。」

倒退物體時間……是嗎？

和想像的有些不同。雖然不同，但毫無疑問是與時間有關的神子。

「只不過，那個神子的命運比任何人都脆弱，會在一事無成的情況下死去……」

「而篠原秋人救了他是嗎？」

感覺事情好像說得通了。

那個叫篠原秋人的傢伙遇見了那名神子。

假設他後來又遇見了奧爾斯帝德，開發了能夠增幅神子能力的魔道具的話會如何呢？

七星與佩爾基烏斯合作，開發出更為強力的轉移裝置。

我結識了克里夫與札諾巴，打造出魔導鎧。

和這些過程是一樣的。

然後，他運用那個能力，改變了過去……

「可是，這件事與這次的失敗有什麼關聯？」

「就是這點。」

七星又翻了頁。上面寫著「萬一沒辦法回去時，自己的未來」。

「我在想。就如同我在尋找秋人，他會不會也在找我。」

「……哦？」

「不過，這充其量也只是假設而已……我想是因為『我在未來會和篠原秋人一起回去，所以現在還回不去』。或者是『直到做出某種東西之前都不能回去』。也有可能兩者皆是。」

換句話說……我想想，整理一下狀況吧。

未來。

基於某種理由，篠原秋人這名人物被召喚過來。

篠原氏經歷了許多事情，與奧爾斯帝德成為合作關係，但他了解到以現在的狀態無法戰勝人神。

經過查證之後，發現原因在過去。為此，他增幅神子的力量，改變了過去。

……這時被召喚出來的人，恐怕就是我。

在這個時間點，人神看到了會被我的子孫殺死的未來。

而且，篠原秋人與奧爾斯帝德，和我的子孫聯手一起打倒了人神。

然而，此時卻發生了問題。

沒有回到原來世界的方法。此時，篠原秋人再次使用神子的力量。被召喚的，是一心一意只想回家的七星。

她基於想回家的這股熱情，製作了轉移魔法陣。

只不過，當時或許是在很勉強的狀況下這麼做。

所以，才會導致菲托亞領地消滅……

這樣一想，便不由得對篠原秋人湧起恨意。因為要是這個假設正確，菲托亞領地之所以消滅，都是因為篠原秋人自私的理由。

不過這終究只是假設。

不對……就算真是這樣，我也沒辦法苛責他。

說不定，篠原秋人被逼到了絕境，若是不改變過去，一切都將會回天乏術。或許，他並不曉得菲托亞領地會被消滅。再不然，就是在極有可能敗北的狀況下，為了保護某個重要的存在，而抱著必死的覺悟改變過去。

我來到這個世界後，增加了寶貴的事物。

妻子、孩子，以及妹妹。

為了保護她們，我成為了奧爾斯帝德的部下。

奧爾斯帝德這個人意外不錯，但假如他是個貨真價實的惡徒呢？

要是他命令我的事情，盡是些殘忍行徑呢？如果是為了保護家人，我肯定會服從他的命令吧。

道理是一樣的。

因為最重要的事物是因人而異。

「原來如此……那麼，七星。如果這個假設正確，妳打算怎麼做？」

「這個嘛……如果是『直到做出某種東西為止都不能回去』，我想我已經完成了這個使命。就是完成那個轉移裝置。畢竟我也不打算再做其他東西。」

使命……是嗎？

如果七星的任務是完成轉移裝置，那我的使命又是什麼？

引導奧爾斯帝德拿下勝利嗎？

或者說，已經都集中在殺死基斯的這一點上面……會這樣認為，是因為我現在滿腦子都是基斯吧。

說不定，還隱藏著基斯以外的人神使徒。

「可是，我卻回不去。這表示『我還有事情要做』。」

「嗯。」

「雖然這比較偏向願望，但我認為該做的事情，會不會就是『為了在未來將篠原秋人送回原來的世界』。」

「嗯？」

「因為就是這樣吧？我做出了裝置。可是不知道使用方法，他當然也回不去。」

也對……嗯，即使有類似我這樣的魔力坦，只有魔法裝置大概也很難辦到。

畢竟佩爾基烏斯到時還活著的可能性似乎也很低。

不過，這樣會不會想得太美了？

畢竟只要做本使用手冊就行。

「再不然就是，『未來已經有我存在』。」

喔喔，這樣講反而比較說得通。

因為時間悖論的緣故，所以回不去。

要是現在回去，未來的七星便不會存在。

如果是未來改變了過去，自然會以未來為優先。所以魔法裝置才會做出意義不明的動作而停止。

「不過照這樣下去，我活不了八十年。畢竟我還有病在身。」

七星這樣說完，將視線落在房間角落的熱茶。

雖然常常忘記，但七星正為杜萊病所苦。

異世界的愛滋病。現在，她會習慣性喝著索咖司草熬煮的茶，藉此緩和症狀。

可是，不知道她何時會染上何種疾病。

更何況是八十年，存活下來的可能性很低。

「妳打算怎麼做？」

「我想……」

七星說出了解決方法。

「拜託佩爾基烏斯大人，停止我的時間。」

佩爾基烏斯大人的屬下——時間的斯凱刻特。

擁有能將自己觸碰的對象時間停止的能力，是佩爾基烏斯的精靈。

只要利用這個能力，便能讓七星延壽。

只是大概沒辦法永遠維持下去。拉普拉斯總有一天會復活，一旦雙方正式開戰，佩爾基烏

斯也不可能放任斯凱刻特去處理其他事情。如果按照預定是八十年後，起碼也是五十年後……

而且，只要不打倒拉普拉斯，奧爾斯帝德便無法前往人神的所在處，如果篠原氏就是在協助這件事……

七星將會在絕佳時機甦醒。

「所以，魯迪烏斯，我有事情要拜託你。」

「……拜託我？」

是什麼？

「為了別讓篠原秋人錯過我的存在，希望你先採取一些對策。像是留下書籍，或是設立石碑都沒關係。然後，雖然轉移魔法陣被視為禁忌，但可以的話我希望你能將它公諸於世，繼續推進研究。」

「……有這個必要嗎？」

「因為假設也未必會全都猜中吧？不如說全部猜中反而奇怪。要考慮到八成都可能是妄想，事先做好保險。為了在假設出錯的時候，我在八十年後也依然能順利回去。」

以我來說，感覺這次的假設可信度頗高。

儘管不可能全都是正確答案，但感覺說中了部分核心。

不過，說得也對。事情未必會如我們所料。也不能保證篠原氏會轉移過來。

七星沒辦法回去的理由，說不定真的是因為魔法陣有瑕疵。

儘管現在認為很完美，但或許存在著必須要突破僵局才能解決的問題。

「當然，我也打算一年醒來幾次確認狀況，這段期間說不定又會有各式各樣的變化，又需要我去做其他事情……」

狀況會有變數。

現在的假設也未必正確。

然後，為了讓七星回去，我想盡可能地助她一臂之力。

只要我還活著。

畢竟我都將信託付給她了。

「知道了。」

我點頭答應。

★ ★ ★

後來，我們又嘗試了一次。

再次仔細確認過魔法裝置後，試著傳送七星。

魔法陣沒有問題。並沒有哪裡受到損傷，仔細檢查後也很正常。

然而，果然還是沒辦法。

簡直就像遭到某人妨礙那般，魔力被狠狠切斷。

因為我這邊沒有問題，只要不是佩爾基烏斯在說謊，或許真的是來自未來的妨礙。

……應該不是人神搞的鬼吧。

就這樣，七星返鄉的計畫以失敗告終。

不，應該說現階段告一段落。

失敗後，七星告訴佩爾基烏斯自己要長眠一段時間。

原本以為佩爾基烏斯會反對，但他卻爽快答應。

對於七星要求出借時間的斯凱刻特，讓她暫時陷入長眠一事，佩爾基烏斯只是在一瞬間擺出沮喪表情之後，低喃了一句：「這樣啊。」

或許她事前已經向佩爾基烏斯提過……

萬一失敗的話她有何打算。

「那麼，魯迪烏斯。佩爾基烏斯大人，之後的事情就萬事拜託了。」

七星最後乾脆地這樣說道，便回到了自己房間。

今後，每當斯凱刻特的魔力耗盡時她便會清醒。

大約每個月一次。

以這幾年與七星疏遠的關係來想，並不會感到特別寂寞。

感覺上大概就是搬到稍微遠一點的地方吧。

雖然不會感到寂寞，卻有其他的感情盤據胸口。

這是什麼感覺？實在很不舒坦。

我抱著這種煩悶的心情，向佩爾基烏斯打了招呼，打算離開空中要塞時，他將我叫住。

「魯迪烏斯．格雷拉特。」

「吾討厭命運這個字眼。」

他突然這樣說。

「……我也討厭。」

儘管不清楚他為何現在說這種話，但我也點頭同意。

實在不想覺得至今為止所做的一切，其實都在別人的掌控之中。

「由未來定義過去，實在愚蠢。這種蠢事不該發生。」

佩爾基烏斯惡狠狠地望著七星身影消失的那扇門。

「這種想法，是嘲弄過去，貶低現在。吾不會認同這句話。」

「您雖然這樣說，倒是很乾脆地就把僕人借給七星。」

「哼。」

佩爾基烏斯用鼻子哼了一聲。以嚴肅表情凝視著我。

「吾始終認為是因為魔法陣有所缺陷。」

「……」

「七星雖然已經放棄，但吾並沒有。在那傢伙沉睡的期間，吾會完成那個魔法陣。賭上吾甲龍王之名。」

佩爾基烏斯大人似乎充滿幹勁。

他的眼神看起來儘管有些黯淡，卻燃燒著火焰。

「但很可惜的，吾的魔力總量遠不及你。魯迪烏斯・格雷拉特。得讓你助我一臂之力。」

「……沒問題。不過，佩爾基烏斯大人為什麼會如此關照七星？」

我這樣一問，佩爾基烏斯突然擺出了回神的表情。

就像是連自己也不是很明白原因那般，注視著遠方。

然後，或許是想到了什麼，他猛然皺起眉頭。

「對於過去而言，現在就是未來。過去的自己成就了現在，而現在會創造未來。吾只是想證明弟子的愚蠢想法是錯的，予以糾正罷了。當作在拉普拉斯復活之前，用來消磨時間。」

愚蠢的想法嗎？

或者說，在佩爾基烏斯看來，七星的行動看起來就像在賭氣。

就算現在不行，將來，只要這個世界有所變化，或許就能設法辦到。

然而他認為那是天真的想法。

「……明白了。我會鼎力相助。」

「吾可不會感謝你。」

「沒關係。」

這樣的對話令人舒服，我不經意笑了出來。

也許在我有生之年，七星是回不去了。

可是，假設，就算她回不去，依然有人願意照顧她。

我沒來由地對這件事感到開心。

★★★

然後，七星陷入了沉睡。

她前往未來了。

不知該說鬆了口氣，或是留下了疙瘩，總之留下了一種奇怪的感覺。

或許無論我在或不在，七星都會前往未來。

仔細想想，我沒有聽到七星最後怎麼樣了。未來的我也只是露出悲傷表情，支吾其詞。從這件事可以推敲出來，未來的我可能並沒有從七星那邊聽到她的假設，只是之後才由佩爾基烏斯告知七星自殺的消息，但七星其實是和這次相同前往未來。

總之不管怎麼樣，這件事到此落幕。

佩爾基烏斯似乎會繼續研究，七星應該也打算在未來做些什麼……

不過確實告一段落了。我得要切換心情才行。

七星自己思考，自己選擇了這條路。我也必須去做自己該做的事情才行好。

接著要找的是劍神加爾．法利昂。

就和艾莉絲一塊去吧。

簡約至上。

雖然沒有後援稍稍令人不安，但我聽說劍之聖地沒幾個腦袋聰明的傢伙。

那麼，只要帶能用拳頭交流的人去就行。

但是在那之前，得先向奧爾斯帝德報告。

告訴他七星做出什麼樣的選擇。

關於她的假設，奧爾斯帝德似乎已經聽過……但即使如此，還是得向他報告結果。

我一邊這樣心想，同時走向了奧爾斯帝德的事務所。

「啊，魯迪烏斯會長！辛苦了！」

一走入大廳，櫃檯的女孩便低頭致意。這孩子真有精神。

「社長在裡面等您。」

「嗯。」

我邊回答邊走入社長室。

進去後，關上門，將腳打開與肩膀同寬，雙手擺在後面。一如往常，我向桌前的奧爾斯帝德低頭致意。

「我有事情報告。」

「……說來聽聽。」

「七星歸還失敗。她認為原因在於未來，所以透過佩爾基烏斯的部下，『時間』的斯凱刻特的能力進入沉睡狀態。」

「這樣啊。」

奧爾斯帝德緩緩取下頭盔。

然後用手抵住太陽穴，重重地嘆了口氣。

「佩爾基烏斯怎麼說？」

「他堅持認為是自己的魔法陣有缺陷，打算改良魔法陣，讓七星回去。」

「只有這樣？」

「他還說，不該由未來定義過去。」

「我想也是。如果是佩爾基烏斯，肯定會這樣說。」

奧爾斯帝德說了這句話，不知道是不是心理作用，他的聲音聽起來比平常更有感情。

不對，是一如往常嚴肅且沒有起伏的聲音。

「七星的狀況我明白了。你打算怎麼做？」

「總之，七星的事我打算留到日後慢慢思考，我本身則是打算前去拜訪劍神加爾．法利昂。請您一如往常，告訴我對方的詳細資料。」

「是嗎……關於加爾．法利昂，我已經事先整理好了。」

奧爾斯帝德從櫃子拿出了一捆紙。

這次也準備得很周到。雖然我很感激，但其實應該反過來才對吧。製作這類資料不是我的工作嗎？算了，現在講也太遲了。

「我會心懷感激地運用。」

「資料上面也有註明，總之你要避免與加爾．法利昂戰鬥。」

「是。」

就這樣，七星陷入了沉睡。

稍微有點另類的假期結束，我重新回到與基斯之間的戰鬥。

第七話「狂犬回老巢」

劍之聖地。

抵達的時候，我確信自己來到了遠方。

由萬年積雪所覆蓋的極寒世界。即使是在廣大的北方大地，這塊土地也異於他處。

第一眼看到的人想必會這樣認為。

普通的城鎮。

石造住宅升起炊事的冉冉白煙，身穿暖和打扮的人們看似寒冷地抖著身子行走，這樣的城鎮，感覺在北方大地隨處可見。

通過這樣的城鎮後，位在前方的是道場。是連阿斯拉王國也不存在如此規模的寬廣道場。

從該處傳來了不絕於耳的木刀互擊聲音。

聚集了劍神流高徒的此處，正是劍之聖地。

全世界的劍士都以此處為目標而旅行。

抵達的時候，一定都這樣想。

總算來到這裡了。

而在結束漫長的修行，要離開此地之時，看著我現在只要回頭望去，就能親眼看見的光景，勢必會如此心想。

我的旅程將從這裡開始。

節錄自冒險家，布萊迪康德所撰寫的《行遍世界》。

艾莉絲與魯迪烏斯來到了劍之聖地。

「我記得劍之聖地是《行遍世界》最後一節。換句話說，這裡是布萊迪康德在旅程的最後一站。與其他土地相較之下，寫法的風格稍微有些不同，令我印象深刻。」

魯迪烏斯以稍快的速度說著這番話，同時以若無其事的表情走著。

然而，艾莉絲卻很明白。他比平常更加謹慎。

「艾莉絲在這裡修行時，也常常經過這一帶嗎？」

被這樣詢問，艾莉絲環視周圍。

仔細一想，在劍之聖地修行的那陣子，自己鮮少前往城鎮。雖然有幾次聽從劍神的吩咐來到城鎮，但不曾在此閒晃。

「我沒有那種閒工夫。」

重新觀察周遭，發現這裡是在北方大地隨處可見的城鎮。以規模來說，或許就算稱為村落也不為過。

住在羅亞的那陣子，會出外到處觀光，認為所見的一切都很新奇，移住到夏利亞後，也經常與雷歐去散步的艾莉絲，對這個城鎮並無法湧起那樣的心情。

因為對艾莉絲而言，這裡並不是那樣的場所。

「唯獨鍛造店與武器商人特別多呢……」

「是啊。」

在這個場所的，幾乎都是劍士。

不分男女老少幾乎都佩帶著劍。儘管並非所有人都是劍神流的門徒，但即使如此，佩劍的行為在這個城鎮彷彿就與常識無異。

「你走路不長眼睛嗎！」

「啥……？我才沒把你放在眼裡。」

「想幹架嗎！」

突然，道路的正中央有人開始吵架。拔劍的兩人露出專注眼神瞪視對方，下一瞬間就開始對砍。

周圍的人只是瞥了一眼，就擺出「哎，又來啦」的感覺後離去。甚至沒人在旁興風作浪。

因為在這裡，這點程度算是家常便飯。

至於鬧事的那兩人，以艾莉絲的水準來看都沒什麼了不起。

若以劍神流分類，可能是勉強算中級的程度。

動作忸怩十分難看，只是胡亂揮劍互打的低級鬧劇。

一看就知道，他們無意以性命相博。

「咦……」

然而，魯迪烏斯卻瞪大雙眼，為此膽顫心驚。

或許是心理作用，他走在艾莉絲的半步後面。簡直像是在隱藏自己。就像在表示此地是某處的約〇尼斯堡。（註：約翰尼斯堡，治安很差）

「你要再走得堂堂正正一點。」

與那兩個人，不，就算與這條路上大部分的對手戰鬥，魯迪烏斯肯定都能贏。

艾莉絲知道。就算是在劍士的距離、劍的攻擊範圍內戰鬥，魯迪烏斯的魔術也比一般劍士更快。

魯迪烏斯的劍術雖然是中級……不，應該說正是因為這樣，所以他不會大意。像這種時候他會穿著半吊子劍士連打傷他都很困難的鎧甲，如果進入劍的攻擊範圍，第一擊會選擇迴避。不會冒險以速度決勝負。

「不是，要是有人找麻煩也很傷腦筋。像這種時候的小糾紛，會對之後的交涉帶來壞影響。因為我是在這種時候很容易被人找碴的類型。所以必須極力避免被捲入糾紛。」

「魯迪烏斯的話不要緊的。」

「是這樣嗎？」

「因為這一帶的傢伙很弱，你贏得了。」

「我不是這個意思。」

此時，艾莉絲感到一股殺氣，轉頭望向該處。

魯迪烏斯也望向同一個方向，低喃一句：「糟糕。」然後別開視線。

「啊，看吧，都怪艾莉絲說那種話……」

仔細一看，一個額頭上冒著青筋的男子正瞪著艾莉絲。

「喂喂這位小姐，妳還真敢說啊……」

男子邊這樣說著邊試圖靠近，然而被艾莉絲一瞪之後便停下腳步。

「唔……！」

他一臉鐵青地撇開視線，整個身體轉向牆壁方向。

「哼！」

男子八成也聽見了艾莉絲用鼻子哼氣的聲音。而且他聽著聲音的同時，想必也認為自己好狗運而鬆了口氣。

因為他理解到只要再往前踏出一步，自己就會身首異處。

「看吧。」

「不不不，剛才是艾莉絲的壓力吧。」

魯迪烏斯的眼神閃閃發亮並對艾莉絲深感佩服。表情就像是在表示「真不愧是我們家的老公」。

若是以前的艾莉絲，可能會趾高氣揚地感到驕傲，但如今她知道讓那種程度的對手畏懼，

根本沒辦法炫耀。

基本上，如果是剛才的對手，魯迪烏斯也能設法對付。

「……喂，看那邊。」

「那頭紅髮……不是狂劍王嗎？」

「她回來了嗎……」

「絕對別和她對上視線……」

「也別發出聲音……也盡可能別製造聲響。別去刺激她……」

「因為那傢伙動手根本不需要理由……」

聽見周圍此起彼落的聲音，魯迪烏斯小聲地向艾莉絲搭話。

「艾莉絲，妳做了什麼？」

「我什麼都沒做。」

實際上，艾莉絲從未對他們做過什麼。

儘管有部分是因為沒有記憶，但實際上，待在城鎮的人多半是沒辦法進入劍之聖地道場的半吊子。

由於道場的高徒有時也得來城鎮採買物品，雖然不是所有人……但總而言之，鮮少踏出道場外面的艾莉絲，自然不可能對他們動手。

「原來如此啊。」

可是，魯迪烏斯卻不知為何接受這個回答。然後，他移動到能緊緊貼在艾莉絲身後的位置站著。

「你到底為什麼要躲起來啊？」

「呃，我不是要躲起來。只是覺得艾莉絲的背影很帥氣，並不是覺得艾莉絲對這裡的每個居民各別揍了一拳，因此而招人怨恨。嗯。」

「……我真的沒做啦！」

艾莉絲心知肚明。魯迪烏斯雖然像這樣躲躲閃閃，但到了緊要關頭依然會挺身而出為自己解危。

他只是不擅長應付會靠威嚇手段來找碴的對象。

「好啦，我們走吧。」

艾莉絲一踏出步伐，便像摩西分紅海那般空出一條道路。

在這樣的人海之中，艾莉絲堂堂正正地向前走去。

★魯迪烏斯觀點★

劍神流的道場很大。

「喔——……真大啊。」

感覺就像是以石材與木材組合而成，不知為何相當酷似日本的武道館。從外觀來看，這邊的建築顯得比下面的城鎮更為老舊。儘管無法從入口觀察到全貌，但可以看出住宅不只一處。想必是透過反覆的增建與改修，才會變得如此巨大。

「喔。」

發現第一號道場人士。

在門前，有名身穿樸素道服的青年正以單手拿著鏟子鏟雪。

或許是門徒吧？

看起來雖然很冷，但他們可能不被允許穿著上衣外套。

「他看起來很冷耶。」

「是嗎？很普通吧？」

從艾莉絲的回應聽來，想必是不被允許。畢竟這裡肯定是這個世界的體育系大本營。似乎會說覺得冷是因為毅力不夠。

「那個……」

「什麼事？」

當我出聲搭話，他便望向這邊，然後艾莉絲的身影進入他的視野。

「！！！」

瞬間，他把鏟子掉在地上，直接衝進了道場裡面。

「妳真的什麼都沒做嗎？」

「我跟那傢伙練習過幾次。」

嗚……真可憐，想必造成了他的內心陰影吧。

住在要塞都市羅亞那段期間，我也是幾乎每天都和艾莉絲對練，被她修理得體無完膚，所以我再清楚不過。

畢竟艾莉絲當時就已毫不留情，而他面對的可是會認真動手的艾莉絲，肯定會留下深刻印象。

恐怕骨頭也斷過好幾次了吧。不知道他的臼齒還在不在……畢竟是對練，所以由我賠罪感覺也不太對，但實在很擔心他。

當我正在胡思亂想，艾莉絲已走進道場裡面。

「咦？等一下，艾莉絲。」

「什麼啦？」

「隨便進去不要緊嗎……？」

「不要緊啦。」

艾莉絲以有些傻眼的聲音這樣說道，快步往裡面走去。

畢竟我也不能呆呆站在原地，只好跟上她的腳步。

不對，艾莉絲在立場上好歹也算是劍神的弟子，肯定靠長相就能放行。不過，我還是想先

在門口接洽，在接待室焦躁地等待，再掛上營業笑容開始對談。這樣根本和踢館沒兩樣。

此時，我才剛想說走廊的另一邊傳來吵雜的腳步聲，就出現了幾名身穿道服的男子。而且，握在手上的不是木刀，而是真刀。

糟糟糟糟糕。

果然被認為是來踢館的嗎！

「……艾莉絲？」

此時，其中一人露出詫異表情這樣說道。

啊，不對，那個人不是男的。

由於散發著危險氛圍害我一瞬間看錯了，她是位女性。

略為淺黑的肌膚、深藍色的頭髮、銳利的眼神。無疑是名劍士。動作俐落，看不出一絲破綻。就連我也明白。這個人實力堅強，鎮上的小混混根本無法相提並論。

話說，我有見過她。記得是在阿斯拉王國見過一次，是愛麗兒加冕典禮的時候嗎？

名字應該是……妮娜。敢跟艾莉絲正面吵架的危險人物。

當時，我記得她有答應過會助我一臂之力。

不過也只是口頭約定就是。

「妮娜，好久不見。」

「嗯，好久不見……妳來做什麼？」

「魯迪烏斯好像有話要找那傢伙說。」

她以肩膀示意，我隨即換上營業笑容。

「初次見面，我叫魯迪烏斯・格雷拉特。這次——」

「那傢伙是指誰啊？」

然而，妮娜甚至沒看我一眼。我的營業笑容似乎不管用。

「劍神啊。」

說完這句話，妮娜擺出嚴肅表情。也可以說，她釋放出殺氣。

艾莉絲則是承受這股殺氣，堂堂正正地站著。

我的腳雖然在顫抖，但是比起恐懼，反而更感到困惑。可不是嗎？我們只是來見他一面，應該沒有理由釋放殺氣吧。

「加爾・法利昂。他不在嗎？」

然而，這句話卻讓妮娜的表情轉為疑惑，不久後緩緩放鬆力氣。

「至少要稱呼他師傅啦。」

「我才不要。我的師傅只有基列奴。」

「是嗎？算了，好吧……」

妮娜重重地嘆了口氣。

想必她一直以來，已經很熟悉艾莉絲這種作風了吧。

「你們幾個，艾莉絲這邊由我說明，你們先過去吧。」

「可是，妮娜大人，現在不是做這種事的時候……」

「她是狂劍王艾莉絲喔。」

男人們聽到這句話，便露出恍然大悟的表情看著艾莉絲。儘管不清楚艾莉絲在這闖下什麼禍，但她的名字似乎相當有說服力。

「明白了。」

他們低下頭後，便立刻衝向道場裡面。

明明是用跑的卻幾乎沒有腳步聲，身體也沒有失去平衡。

雖然感覺上明顯就是配角，也可以說是「無關緊要的角色」，但以層級來說恐怕是劍聖以上。也太可怕了……希望他們千萬不要來找麻煩。

「好啦，來這邊。」

妮娜以下巴示意，艾莉絲跟了過去。

然後，我也跟了過去。

★★★

我們被帶來的場所是道場。

似乎是鍛鍊之間。

從地面鋪著木板，牆壁上掛著木刀的擺設來看，令我想起了前世世界的劍道場。

只不過，整個地板都是斑點花紋。看起來很像汗漬，我正想說是不是打翻過什麼東西，仔細一看才發現……哈哈，這是血啊。

妮娜走到鍛鍊之間的正中央後，猛然坐下。

艾莉絲也仿效這個舉動。

兩人都以盤腿坐著，右膝微微翹起。

雖然會認為女孩子這樣做很不成體統，但基列奴也曾告訴我這種坐法。這是為了從坐姿迅速起身，進而拔刀的坐法。

換句話說，只要妮娜有那個意思，瞬間就能讓我人頭落地。

畢竟，妮娜現在腰間佩戴著真刀。

「妮娜，魯迪烏斯不會進入那把劍的距離。」

「是嗎？妳的老公真膽小呢。」

「……他是魔術師，這是當然的吧。」

氣氛令人提心吊膽。

不是，嗯。現在，我應該鼓起勇氣，進入她的攻擊距離嗎？因為我原本就是來找劍神，好歹也做了這樣的心理準備。

「抱歉，因為我被現場的氣氛影響了。」

我展開預知眼，坐在艾莉絲旁邊，妮娜總算看我了。

「所以，你們是來做什麼？」

「請容我說明。其實，我將來得和某人戰鬥。是為了借助劍神大人的力量而來。」

「……？那不是好幾十年之後的事情嗎？」

「啊，原來妳記得我在阿斯拉王國說過的話。謝謝妳！」

「那點小事我當然記得。因為我又不是艾莉絲。」

與劍神流的劍士對話時的鐵則就是盡可能誠懇，並且講得淺顯易懂。

儘管他們並非像阿托菲那樣不講理，但可以認為他們一旦生氣就會立刻拔劍。就算是這樣的美女也一樣。

「這件事當然也還在進行當中，不過這次是另外一件事，我要和一名叫基斯的傢伙戰鬥……」

「哦……」

「我想各位正在忙碌，但請務必讓我與劍神大人見上一面。」

妮娜擺出苦澀表情。

果然，沒辦法讓我這種來歷不明的傢伙與劍神見面嗎？

「我姑且也打聽到劍神大人喜歡這類物品，準備了伴手禮帶過來。」

不過，我有這傢伙。

帶來的是一把劍。

儘管並非所謂的魔劍一類，但卻是由百年前的名匠克艾爾欽所打造的小眾一把。

據奧爾斯帝德所說，劍神的興趣是蒐集刀劍，已經蒐集了好幾把劍。

其中，這把對劍神來說也是特別的。

因為這是他年輕時費盡千方百計想得到，然而卻沒能獲得的一把劍。

這把劍的主人在十幾年來不斷替換，最後是落在阿斯拉王國的中級貴族手中。

那名中級貴族是名人生當中不會用到劍的人物。若是沒有特別狀況，劍會一直擺在貴族家中的接待室。

我搬出愛麗兒的名字接近那名貴族，在接待室稱讚那把劍十分出色，居然能在家中裝飾這把劍，感性實在過人，對他大誇特誇，再多少略施小惠，他才肯把劍讓給我。

再來只要把這傢伙交給劍神，交涉應該就能水到渠成。

「我再問一次，你想找的劍神是加爾．法利昂對吧？」

「……咦？對。是這樣沒錯。」

難道有除了加爾．法利昂以外的劍神嗎？

「那麼，他人不在這裡。」

「喔喔，是這樣啊……請問他現在在哪？何時會回來？」

「不知道。我想大概不會回來了。」

「嗯嗯？」

總覺得有種不協調感，我望向艾莉絲。

然後，我發現她也是一臉疑惑。

「什麼意思啊？」

艾莉絲一問，妮娜以認真表情轉向艾莉絲。

她嘴巴開到一半，卻又皺緊眉頭，說不出話。看樣子似乎有難言之隱。像是要動痔瘡手術

所以去了阿斯拉王國之類……？

「劍神加爾．法利昂……輸了。」

「……輸給誰？」

「吉諾．布里茲。」

艾莉絲瞪大雙眼，我記得是比艾莉絲與妮娜稍微弱了些的劍聖吧？

奧爾斯帝德說，他似乎很有才能，但是否能開花結果得根據狀況而定。

……等等。既然那個吉諾．布里茲打贏了劍神加爾．法利昂……

「換句話說，現在的劍神是吉諾．布里茲先生？」

「對。爸爸……不，前劍神加爾．法利昂敗北的那一天，就離開這裡了。」

然後，也不知他如今身在何處。她是這樣說的。

「……」

又讓別人說出難以啟齒的話了。

自己尊敬的父親，敗給了比自己年幼的劍士。那不僅是代表著政權交替。同時也意味著她輸給了自己底下的人。

「是因為太丟臉才逃走的吧。」

艾莉絲突然輕聲嗆了很危險的一句話。

這句話連我都會覺得背脊毛骨悚然。

我眼前浮現了一秒後，艾莉絲與妮娜激烈交鋒的景象……但卻是幻覺。預知眼只看到妮娜依然氣定神閒地坐著。

「是啊。我也這樣想。因為吉諾一直不成氣候。」

「……現在不一樣嗎？」

「嗯，現在不一樣。現在的吉諾比任何人都強。我是這樣認為。」

妮娜說著這句話，臉上的表情看起來有些許畏懼，然後還帶有幾分憧憬。

想必如今的吉諾就是有這麼強吧。

不過，這樣一來，目的就沒著落了。

雖然有些失禮，但是不是該放棄加爾．法利昂，與吉諾．布里茲接觸比較好？

可是，我沒有問過奧爾斯帝德有關吉諾．布里茲的詳細資料。

也沒有準備伴手禮，若是這把劍可以的話是能送給他，但要是沒有特別回憶，這把劍本身並沒什麼大不了，就算送他肯定也不會那麼開心。

唔——該怎麼辦呢？因為他至少當上了劍神，想來是個脾氣暴躁的人物，考慮到失敗的可能性，為了安全著想現在應該先暫時撤退嗎……

不，難得都來到這裡了。

最好還是先見個面，請他聽我說明來意。雖然不知道他會不會對我有好感，但我手上起碼有伴手禮，有人送禮應該不會覺得討厭。

「艾莉絲，妳打算和吉諾戰鬥嗎？」

「……什麼意思？」

「現在只要打倒吉諾，就能當上劍神。」

「那種事情根本無所謂。」

聽到艾莉絲一如往常的回應，妮娜鬆了口氣。

「嗯……也對。我就知道。那我安心了。」

話說起來，之前我曾聽奧爾斯帝德說過。

成為劍神的人當中，甚至有許多人沒能留下名字。

劍神並非世襲制。

而是指在劍神流當中最強的人。所以劍神會僅因一次敗北，就失去劍神的地位。因為大部分的狀況下，敗北就意味著死，所以不僅地位，甚至還會失去性命……

不管怎麼樣，只要與劍神戰鬥並拿下勝利，就能成為劍神。

或者，當劍神輸給了劍神流以外的門派，就會由門徒中最強的人成為劍神。

不管是在哪種狀況，多半都是被稱為劍帝的人頂替上位。

而且在大多數的情況下，劍帝不只一人。而且還有實力與劍帝相比也毫不遜色的劍王。

說到這裡，想必很清楚了吧。

劍神的世代交替，就代表著劍之聖地的內亂。

加爾．法利昂那時也是如此。

被稱為劍帝或是劍王，這類實力在某種程度上並駕齊驅的人，會對新任劍神發起挑戰，試圖奪下對方的地位。

說不定在那之中，也存在著僅當上劍神一天的人物。

搞不好吉諾．布里茲也有可能變成這樣。

「妮娜不當嗎？劍神。」

「我……現在沒辦法去想那種事。」

她以單手撫摸肚子，同時這樣說道。

這個回答聽起來實在很不乾脆。該不會是因為生理期吧……不對，女人撫摸肚子也不一定就是生理期。不能妄下斷言。搞不好是便祕之類。

我瞥向艾莉絲那邊一看，她擺出震驚表情。

想必是對方說了什麼出乎她意料的話。

「是嗎……」

艾莉絲露出有些遺憾的表情，應該說看起來很落寞。

我不太清楚她們兩人的關係。

與艾莉絲同輩，而且也與艾莉絲站在同樣立場且處得來的朋友並不多。

她與妮娜的關係，看起來和莉妮亞與普露塞娜的關係又是截然不同。

所以，我不是很能理解艾莉絲是怎麼看待妮娜。

我知道的，就是妮娜站在吉諾．布里茲那邊。

儘管她本身比吉諾早一步當上劍王，而且又比吉諾年長……但即使如此，依舊認同他是劍神。

況且在聽到剛才的回答之前，她可能以為艾莉絲也是來挑戰吉諾的劍神流高徒之一。

說不定她已打定主意，如果真的如她所想，就先由自己出戰。

因為，妮娜已經不再擺出立著右膝的姿勢，而是將坐法轉為跪坐。

「可以容我們向新任劍神大人打聲招呼嗎？」

「現在不行。因為他忙得脫不開身。」

「我想也是。」

現在世界各地的劍士，應該正陸續聚集到這個劍之聖地。

儘管不清楚劍帝與劍王有幾個，但類似分派的那些人，如果有機會贏也會試圖挑戰。

另外，如果是一般對手，想必是由認同吉諾為劍神的一群人……像妮娜這樣的劍士來打頭陣。

雖然這樣講很像艾莉絲也只能對上打頭陣的人一樣，但大概不是。

畢竟她好像也只是打算說明而已。

不過，如果是很了解艾莉絲的人，想必會認為要是放任艾莉絲不管，就算她大搖大擺走進裡面，找吉諾打上一架也不足為奇吧。

不過啊妮娜小姐，艾莉絲已經比以前來得更成熟了喔。

「如果有事找吉諾……我想想，再過一陣子應該會平靜下來，到時再來吧。」

「明白了……啊，我姑且問一下，請問有沒有叫基斯的男人來過這呢？是個猴子臉的魔族。」

「魔族？我想應該沒來過。」

「曾經有自稱神明的人物在妳夢中出現，對妳下達神諭嗎？」

「……沒有啊？」

妮娜一臉「搞什麼？」的感覺，望向艾莉絲。

艾莉絲也以「什麼啦」的感覺看著妮娜。

對不起，問了奇怪的問題。

「沒有的話就好。那兩個人是很過分的詐騙分子，萬一出現請務必注意。」

「知道了。」

劍之聖地一無所獲。

關於加爾．法利昂的行蹤等之後再調查，暫時先告別這裡吧。

「那麼，我的事情辦完了……艾莉絲打算如何？要再稍微繞一下看看嗎？妳應該很懷念這裡吧？」

「沒差。」

哎呀，真冷淡。

可是，妮娜卻擺出鬆了口氣的表情。

畢竟這個道場現在充滿強烈的肅殺之氣，要是艾莉絲在這裡大搖大擺地走著，八成會演變成持刀傷人事件。

雖然艾莉絲也變成熟了，但要是有人找碴，她可不會視若無睹。

「那我下次再來。妮娜。」

「嗯。艾莉絲。下次等這裡平靜點再來吧。」

兩個人以有些穩重的語調這樣說道，做了簡短的告別。

我們離開了道場。

回去時，也聽見裡面傳來莫名吵鬧的聲音。是吉諾在與其他門徒戰鬥嗎？或者是吉諾一派在幫他打頭陣呢……

艾莉絲或許是聽到那個聲音，突然停下腳步，回頭望去。

她環起雙臂，張開雙腳擺出一如往常的姿勢，板著一張臉。

怎麼了嗎？是我做了什麼事情令她不開心嗎？雖然這樣認為，但她並不是看著我，而是看往道場的方向。

「怎麼了？」

「總覺得，好像變成我不認識的地方。」

艾莉絲說著這句話，臉上的表情瀰漫著一股難以言喻的哀愁。

很少看到艾莉絲露出這種表情。連她親眼目睹消滅的菲托亞領地時，也是擺出毅然表情……

不對，那個時候艾莉絲也做好了一定程度的心理準備。

這次感覺是回到不會變化的懷念老巢，卻發現理應不會改變的場所發生了變化。

從學校畢業後經過了幾年的某天，以ＯＢ身分去社團露臉，才發現不論成員、顧問、氛圍

以及訂立的目標都變了樣，才實際感受到這裡已經沒有自己的容身之處那種感覺嗎……不對，因為我沒參加過社團，這是從漫畫得來的知識。

「？」

我不經意望去，發現有名男性正好手持兩把木刀走出道場。

是踢館失敗逃出來的嗎……不對，他穿著道服，應該是門徒吧？啊，仔細一看，是剛才在入口鏟雪的那個人。

「艾莉絲小姐！」

他將木刀扔向艾莉絲。木刀以驚人速度飛來，艾莉絲啪一聲直接抓住。

看樣子，他是來為艾莉絲餞別的。

妳果然對人家做過什麼嘛。

「可以麻煩妳陪我對練嗎！」

我本來這樣想，他卻說出這種話。

「好啊。放馬過來。」

艾莉絲也很有她的風格馬上回答。

我自然而然地退到離他們有幾步之遙的場所，守望著戰鬥的結果。

應該說，劍神流的對話不僅交談很短，進展也太快了實在跟不上。

「……」

艾莉絲與門徒彼此架著木刀。艾莉絲是上段，門徒是中段架式。

就我而言，只能祈禱艾莉絲不要做得太過火……

閃過這個念頭的下一瞬間。

「喝！」

吐出銳利氣息的聲音發出，與此同時，門徒的身影搖晃。幾乎同一時間，艾莉絲也晃動身體。

現場響起鏘的痛快聲音，回過神來，門徒已經跪在地上，他的木刀也在空中飛舞。剛才門徒所在的位置吐出的白色氣息驟然消失，木刀啪的一聲落在雪堆之中。

幸虧我有張開預知眼，才總算能跟上他們的動作。

門徒使出光之太刀，艾莉絲反擊了這招。攻防只在一瞬之間。

……是說，在入口鏟雪的年輕大哥冷不防就擊出光之太刀，這也太恐怖了。

沒事吧？我的脖子應該還在吧？該不會剛才在走廊上移動時頭已經被砍飛，現在其實是臨死前所作的夢吧？

「揮刀結束時，左邊握力太弱了。」

「咦？」

「所以劍才會被打飛。」

「……是！謝謝指教！」

門徒這樣說完，單膝跪地，向艾莉絲低頭道謝。

「哼。」

艾莉絲扔掉木刀，朝我這邊走來。

「……什麼啦？」

看到我目不轉睛地盯著臉瞧，她便猛然嘟起嘴巴，狠狠瞪我。

「不，沒什麼。」

艾莉絲的表情看起來比剛才更加舒坦。

她的表情就像是在表示，沒錯，這裡就是這樣的地方。

「雖然現在好像有些混亂，但等到這陣風波結束，一定會恢復原樣的。」

「那種事情怎麼樣都無所謂。」

艾莉絲雖然這樣說，但她的表情稍稍鬆了口氣，這點我可不會看漏。

下次再來吧。要是與基斯戰鬥之後能順利活下來，到時再來一趟。

於是，劍之聖地的訪問結束。

老實說是白跑一趟……算了，也會有這種時候。

關於加爾．法利昂，雖說他已經不是劍神，但以戰力來說無可挑剔，就動用傭兵團的力量找他，而我本身再去尋找其他人物吧。

下一個，是北神卡爾曼三世。

第八話「北神與冒險者」

北神卡爾曼。

在拉普拉斯戰役打倒魔神拉普拉斯，殺死魔神的三英雄之一。

然而，北神卡爾曼一世與甲龍王佩爾基烏斯及龍神烏爾佩相較之下顯得較為不起眼，並沒那麼有名。

在學校的歷史測驗，假如問題上寫著「請列出殺死魔神的三英雄名字」，最容易被遺忘的就是這個叫卡爾曼的男人。

可是，卻有人打響北神卡爾曼這個名號。

那正是北神卡爾曼二世。名叫亞歷克斯．雷白克。

他行遍世界，創下了好幾個英雄傳奇。這些事蹟被吟遊詩人與小說家寫成故事，在世界各地廣為流傳。

雖然很容易被混為一談，但所謂的北神英雄傳奇，大致上都是在描寫二世的活躍。

一世的活躍事蹟雖然有在《佩爾基烏斯傳說》提及，但若真要分類，給人的印象反而更像是個配角。

佩爾基烏斯傳說中登場的北神卡爾曼，是名擁有驚人劍技的劍士。

至於他的本領有多麼了得，只要說他獨自一人就完全壓制了那個魔王阿托菲拉托菲，想來就能理解他有多麼強大。

他以自身的劍技好幾次拯救佩爾基烏斯，七個人一起克服了危險旅程，與拉普拉斯進行最終決戰後生還……大概是這種感覺。

儘管十分了不起，但他並不像佩爾基烏斯那樣有著操縱空中要塞，與十二名僕人一起突擊拉普拉斯的陣地，或是像龍神烏爾佩那樣與拉普拉斯一對一戰鬥之類的知名故事。

不斷在私底下默默地幫助佩爾基烏斯與烏爾佩的，就是北神卡爾曼一世。

但是，他的故事還有後續。

拉普拉斯戰役結束後，拉普拉斯的殘黨在各地持續抵抗的時代。

北神卡爾曼隻身一人，殺進殘黨之一的魔王阿托菲所在處。

經歷漫長戰鬥之後，卡爾曼打倒了阿托菲。後來不知出於何種緣故，他與阿托菲結婚，讓她離開了戰場。

由於武鬥派的阿托菲遭到勇者打倒，殘黨頓時喪失戰力，世界就此和平。

所以在真正的意義上結束戰爭的，是名為卡爾曼的這個男人。

不過，這件事實在很瘋狂。

畢竟他單槍匹馬打倒阿托菲，後來直接跟她結婚。

在佩爾基烏斯傳說中雖然描寫得很和善，但實際上是名相當危險的人物。

話雖如此，他的實力可是掛保證的。

可以理解那個佩爾基烏斯為何會超級尊敬他。

然而，這位北神卡爾曼如今也已不在人世。

畢竟北神卡爾曼是人族。人族的壽命短暫。

但是，與他結婚的阿托菲眾所皆知，是名不死魔族。洛琪希與希露菲比我長壽，繼承她們血脈的孩子們也很長壽，與這個道理相同，卡爾曼的孩子也很長壽。

留下許多傳說的北神卡爾曼二世還活著。

他現在依舊在世界各地流浪，推廣北神流。

不過，其實北神卡爾曼還存在另外一人。

那就是北神卡爾曼三世。亞歷山大·雷白克。

他是二世的兒子，最近才繼承北神卡爾曼名號的年輕劍士。

北神與劍神不同，似乎不會只讓一人繼承名號，兩個人都是現役。

在如今的時代，二世已經算半退休狀態，不只是劍技，他也在鑽研使用各種武器的戰鬥方法之類，被列為七大列強的是三世，流竄著諸如此類的情報……

但得特別提及的，果然還是北神卡爾曼三世成為人神使徒的可能性。

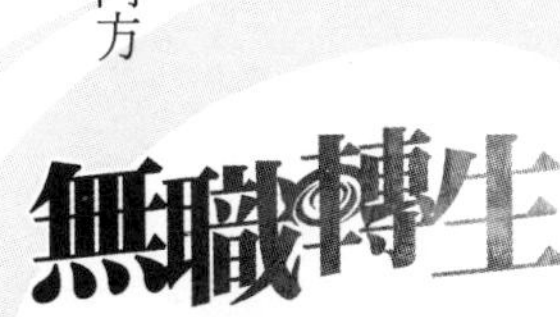

據奧爾斯帝德所說，以機率來說相當高。

因此，我要找的是北神卡爾曼三世。

可以的話希望能比人神率先拉攏他，萬一他已經落入人神手中，打倒他便是我的工作。

奧爾斯帝德的情報指出，他位在中央大陸的紛爭地帶。

好像一邊在世界各地旅行，一邊幹著類似傭兵的勾當。

他的實力無疑比我更強。我想慎重確認他是否與我們敵對，要是非得一戰就必須找到能確實取勝的方法。

這次要比平常更加繃緊神經。

★　★　★

如此這般，我這次也帶著艾莉絲，來到了位於中央大陸南部的紛爭地帶。

紛爭地帶。

實在是很危險的稱呼。

這個地區有許多小國，或者是稱不上國家的聚落、部族持續征戰不休。說明白點，算是這個世界的戰國時代吧。

回顧歷史，得從四百年前，拉普拉斯戰役終戰後開始說起。

西部是中央大陸最為肥沃的土地，由唯一沒有滅亡的阿斯拉王國順勢支配，然而除此之外的場所，也就是儘管比不上西部，但土地依舊稱得上肥沃的中央部與南部，當初並不是任何人的土地。

為了爭奪這塊豐饒的土地，倖存的人們湧入該處，在那裡隨心所欲地建立國家。

儘管有段時間並未發生紛爭，然而當各自國家累積實力，國境線開始彼此接觸後，事情便另當別論。起初只是因小規模衝突而演變的戰爭，後來牽扯到所有國家，為紛爭時代拉開了序幕。

在這樣的時代最早嶄露頭角的是王龍王國。

王龍王國的首都所在的場所，在中央大陸南部並非那麼優渥的環境。

姑且不論土地本身的價值，最大敗筆是與王龍(King Dragon)的地盤重疊。

然而，王龍王國組織了討伐隊趕跑王龍，得到了曾是牠們地盤的山脈。

他們因此獲得大量的礦物資源，一舉成為中央大陸南部最強的國家。

堪稱中央大陸南部的織田信長。

好啦，王龍王國後來趁勝追擊，得到整塊南部土地，開始伸出侵略的魔手。

如今連名字也沒留下的沿岸部國家一律遭到毀滅，後來他們攻打沙納基亞、齊卡將其納為從屬國，甚至得到了西隆王國。

就這樣以西隆王國為立足點，攻進紛爭地帶，一口氣壓制全區。王龍王國成為了世界最強的國家……儘管情勢看起來如此，但卻有國家阻止了他們。而且還是兩個。

沒錯，就是阿斯拉王國與米里斯神聖國。他們對王龍王國施加「喂，要是你再這樣侵攻下去咱們可不會坐視不管啊」的壓力，締結了彼此都不對紛爭地帶出手的協定。

話雖如此，無論哪個國家都想要中央大陸的中央部這塊土地。

因此他們想到了方法。就是私底下控制紛爭地帶的霸者。

只要將紛爭地帶的勝利國，直接納為自己的從屬國即可。

後來的戰爭猶如泥沼。

紛爭地帶有各國間諜暗中活躍，一旦某個國家增強實力，開始展開統一中部的動作，就會開始扯彼此後腿，引發內亂瓦解整個國家。

瓦解的國家不是分裂就是遭其他國家侵攻而滅亡，統一的夢想就此化為泡影。

話雖如此，對於那三國來說就算這樣也不成問題。由於紛爭地帶是軍事出口產業的一環，即使沒辦法統治也不會有太大損失。只要再將間諜送去發展性不錯的地方即可。

換句話說，紛爭地帶的背後所展開的，是大國的冷戰。

因為轉移事件而轉移到這裡的菲利普與希爾達，被誤認為間諜後遭到拷問客死他鄉，也與檯面下的這種狀況息息相關。

當然，我也不得不小心。

事前姑且已經請米里斯的神子幫我打點，準備了米里斯的教導騎士團持有的通行證。

只要出示這個，要通過各國國境就是輕而易舉。

因為敢向米里斯派遣到國外的吵架部隊，米里斯教導騎士團找碴的蠢蛋應該算稀有動物。

不過，做事情不能大意。

只要現場的人說：「這根本是假貨。」，當下這句話也有可能被扭曲成事實。畢竟以當地國家的居民的立場來說，遭人在背地裡操縱可不是開玩笑的，想必一旦發現可疑的傢伙就會迅速將其排除。

換句話說，如果我表現出有阿斯拉及米里斯在背後撐腰的言行舉止，在紛爭地帶多半會造成反效果。

所以，這次我會設定為冒險者行動。

我與艾莉絲兩個人，是劍士與魔術師的搭檔。大概就類似A級的冒險者搭檔為了尋找迷宮而來到這裡的感覺。

畢竟北神卡爾曼三世聽說也是冒險者，這樣要接觸他正好。

如此這般，我們來到了紛爭地帶的嘉爾迪尼亞王國的城鎮奇迪。

這裡頗有中央大陸的風格，是受惠於肥沃土地的出色城鎮。

話雖如此，依舊是紛爭地帶的小國。

建築物與阿斯拉王國及王龍王國相較之下，看起來老舊了二～三個級別，或許是因為沒有

下水道，走在路上會聞到糞尿的臭味，行走在路上的人們眼神都猶如死魚，身穿鎧甲的集團會發出銳利目光走在路上……老實說，感覺不太想長留此地。

奧爾斯帝德說，北爾卡爾曼在目前這個時期，好像多半都會以這一帶為據點行動。

為什麼會在這麼危險的地方？我雖然這樣想，但據說他的願望似乎是成為英雄，會自願逗留在這種「好像會引發事件」的場所。

不管怎麼樣，他在冒險者當中，可說是人盡皆知的知名人物。

畢竟他是全世界屈指可數的ＳＳ級冒險者，冒險者公會所認定的頂尖冒險者。本人也很愛出風頭，自吹自擂，是會不計一切代價與事件扯上關係的典型主角。

換句話說，只要去冒險者公會詢問，自然就能得到這名人物的情報。

★　★　★

奇迪的冒險者公會看起來實在很破爛。

儘管有部分是因為建築物本身較為老舊，但各個角落都有修繕的痕跡，整體看來很骯髒。

要說是跨越死線，身經百戰所留下的痕跡也未嘗不可，但在我看來比較像疲憊不堪。

「所以我才說應該要趁現在行動啊！」

當我打開破爛的大門走進裡面，突然聽見了這個聲音。

是女人的聲音。

是我很熟悉，曾經聽過的聲音。儘管我以為自己已完全忘記，但一聽到就會立刻想起她是那種聲音。

可是與從前不同，感覺莫名沉穩，儘管聲音很大，卻感覺到理性。

「沒辦法啦。離戰線太近，絕對會被捲進去。」

「可是，妳應該也知道吧。」

仔細一看，是我熟悉的臉龐。

長及肩頭的金髮依舊如昔，好像稍稍長高了一些，不對，或許沒變。長相比以前來得更加穩重，散發出成熟女性的感覺。

身上穿的服裝似乎比以前更為昂貴，性能更佳，但鎧甲傷痕累累，揹在身後的那把以冒險者來說罕見的弓，遠遠望去和從前相同，但仔細觀察，會發現已經換成十分講究的複合弓。

起初相遇時她還是個新人，感覺不想被周圍的人瞧不起，總是堅持己見。

第二次見到時，是在魔法都市夏利亞。因為接下愛麗兒的護衛委託，我們才會偶然相遇。

當時，她給我的印象是中堅冒險者。

「現在就算在這個時間點行動，也勢必會在國境被軍隊發現。雖然不知道那是嘉爾迪尼亞軍還是涅克利那軍，但那樣一來我們會有什麼下場，不用我說妳當然也明白吧？」

「但要是我們不行動，涅克利那軍說不定會攻陷這個城鎮啊！」

「也不一定會變成那樣。」

「只要現在移動，或許不會被發現啊！」

久違看到的她，已經具備老手的風範。

她正和看似隊伍領袖的女性，以對等地位交換意見。

乍看之下很像在吵架，但聲音聽起來非常沉穩。仔細一看，其他伙伴的氛圍也不像從前看到的那般浮躁。話雖如此，也沒陷入絕望，鐵青著一張臉。更不像是一味等待兩名領導者做出結論。

所有人都很冷靜地傾聽兩人的意見。正在思考隊伍目前處於何種狀況，以及該如何行動來打破僵局。

像這種氣氛的隊伍，我以前也曾看過。

我記得，那是在進入迷宮前的S級隊伍……

喔喔，「黑狼之牙」或許也是這樣。雖然保羅沒有這樣穩重……

不管怎麼樣，果然S級水準的隊伍並非烏合之眾，而是給人團結一致的感覺。

「啊。」

當我正在胡思亂想，成員之一，用指尖不斷捲著頭髮的女孩朝向這邊。

是將頭髮綁成雙馬尾的魔術師。

我有印象。記得是叫亞莉莎吧。是很黏洛琪希的孩子。

我不會忘記稱讚洛琪希的人。記得她當時才十五歲左右，會以姊姊稱呼身邊其他成員仰慕著她們。

現在已經沒有孩子般的稚氣。醞釀出一股老鳥該有的氛圍，穩重地坐著。服裝也不是從前開朗活潑的類型，而是幹練魔術師該有的風格。要是我與她並肩站在一起，想必會有許多人認為她更加可靠。

畢竟從那之後已經過了五年。這也是當然。

「是莎拉以前的男人。」

她低喃了一句後，她們所有人一齊轉向這邊。

我最近也習慣了女性的視線。

為什麼呢？是因為幾乎每天都會被老婆瞪嗎？尤其是在我身後昂首挺立的這位。

還有，艾莉絲，希望妳別用那麼銳利的視線瞪我。我不是她以前的男人。沒有發展到那一步。以當時來說，艾莉絲反而才是以前的女人。

「魯迪烏斯！」

莎拉。

從前我還年輕的時候……具體來說是與艾莉絲道別得了ＥＤ的時候，關照過我的隊伍裡的弓箭手女孩。

「好久不見。」

曾經差點和我成為戀人的人，就在眼前。

★★★

莎拉她們「Amazones Ace」似乎是接下某件委託才來到這個城鎮。

委託內容是送信，非常簡單的差事。

送信委託在冒險者公會很常見，基本上會因為距離、送達場所而改變難度，但沒意外的話報酬都很便宜。

莎拉等人接下的送信委託，以配送來說報酬很高，似乎還先支付了訂金。

由於送達的場所是紛爭地帶，所以她們相當猶豫，但是正為資金所苦的她們依然決定接下這件委託。

實際上，委託很簡單。

莎拉她們大概花了五天旅行到這，成功地將信件送達。委託不會特別困難，正好算是個不錯的休假。

然而，在那之後卻發生了意想不到的狀況。

莎拉她們抵達城鎮後，碰巧就在這個時間點，嘉爾迪尼亞王國與涅克利那王國之間的戰爭便愈發激烈。

國境遭到封鎖，莎拉她們被迫停留在這個國家。

戰爭中的國家，對冒險者而言並非良好環境。

不僅治安差勁，委託也會減少，而且公會也會強迫她們接下近似傭兵的委託。像這類強制委託雖然報酬優渥，但致死率非常高，除了平常就在從事類似傭兵活動的冒險者以外不會喜歡接下這種工作。

「Amazones Ace」雖然是老手，但並非擅長殺人的隊伍。

說實話，隊伍成員都想盡可能早日離開這個城鎮。

話雖如此，要是勉強穿越國境會立刻被軍方發現。

旅行各地的冒險者是情報的寶庫。不僅嘉爾迪尼亞軍不希望自國情報流出，涅克利那軍也對這份情報垂涎三尺。

不管被那方的軍隊發現都會被捕，況且「Amazones Ace」是以女性為主組成的隊伍。被捕後會有什麼下場，自然不難想像。

「如此這般，所以我們陷入了進退兩難的窘境。」

莎拉這樣說完後聳了聳肩。

她現在似乎擔任「Amazones Ace」的副隊長。

聽說當時隊長級的其中一名女性死了，所以才決定由當時年資最老的莎拉擔任副隊長。

儘管聽來很無奈，但冒險者是隨時與死亡比鄰的職業。這也是無可奈何。

好啦，不管怎麼樣，莎拉她們正在傷腦筋。

當然，我很樂意出手相救。若是因為忙於現在的工作而對以前的熟人見死不救，之後還聽到她們遇上悲慘遭遇而死，我的胃肯定會開出猶如黑洞的大洞。

「既然這樣就讓我協助各位吧。雖然沒辦法說得太大聲，但我有米里斯的通行證，我想應該有辦法穿越國境。」

說完這句話，她們的表情瞬間開朗了起來。

「可以嗎？我們缺乏資金，沒辦法給什麼謝禮。」

「我不需要錢。相對的，我會要點別的東西。」

我抱著一點惡作劇心態露出微笑，「Amazones Ace」成員的表情瞬間僵硬。

莎拉也擺出有點可怕的表情。

不過，唯獨莎拉沒過多久便鬆懈下來，露出苦笑。

「知道了。可是，我們這裡有許多孩子討厭男人……就用我來忍耐吧。不過，你有沒有辦法對我硬起來倒是個疑問。」

「不是啦！我要的是情報！怎麼大家都這樣啊！」

我剛才的表情看起來有這麼下流嗎？

好受打擊……明明我最近覺得自己的笑容變得很自然了啊。

「因為我有三個深愛的妻子，不需要追求其他女性！」

「是嗎？可惜。我還以為能將那天的事情重新來過。」

好像只有莎拉了解我的表情是在開玩笑。

不對，我也沒打算用表情開玩笑。

「不要在妻子面前開那種玩笑啦……對吧，艾莉絲。」

我說完這句話，同時轉向在身後擺出一如既往的姿勢站著的艾莉絲。

艾莉絲用鼻子哼了一聲。

「魯迪烏斯就連我的胸部都能忍住不摸。他才不會說那種話！」

呵呵，這就是平日的所作所為建立的信賴啦。

沒錯。我不缺女人。到了緊要關頭只要揉艾莉絲的胸部，就可以舒服地醒來迎接早晨陽光。

咦？可是這樣會失去艾莉絲對我的信賴……？

此時，因為艾莉絲這樣說道，「Amazones Ace」的成員也擺出了「什麼嘛」的表情。

事情告一段落。

……我才剛這樣想，就看到只有莎拉擺出可怕表情。

「艾莉絲？」

「……什麼啦？」

「是拋棄魯迪烏斯的，那個艾莉絲？」

啊……

「我才沒捨棄他。」

「是嗎？可是魯迪烏斯說他被拋棄，難道你們重修舊好，甚至還結婚了嗎？」

艾莉絲也察覺到莎拉對她抱有敵意。

她擺出「妳什麼意思啊」的表情。這樣不好。真的很不好。

不行啊莎拉。她不是妳可以找碴的對象。不是開玩笑就能了事的。

「莎拉，別這樣啦。就算找碴，以前的男人也不會回到妳身邊。」

「不是，我才不是那個意思！」

亞莉莎這句話稍微戳到眾人的笑點。氣氛變得柔和，讓我鬆了口氣。

「那個，莎拉。關於這件事，其實有很深的原因……該說是彼此錯過嗎？歸根究柢，其實是我誤會了……」

「我知道。若不是那樣，那個恐怖的護衛老婆不會默不吭聲吧。」

恐怖的護衛……是指希露菲嗎？

嗯，也是。或許吧。希露菲雖然允許我重婚，但對人選的基準似乎很嚴格。洛琪希與艾莉絲雖然可以，但七星好像不行的這種嚴格標準……我也總是為此反省，並且心懷感激。

「算了，待會兒再詳細問你吧……那麼，你要的情報是？」

話題拉了回來。

胃痛時間結束。希望別再來第二次。

「啊，其實我在找北神卡爾曼。聽說他以這一帶為據點在活動……」

「北神卡爾曼！」

此時一邊大叫一邊挺起身子的……是不認識的女孩。

年齡約十八歲。是有著一頭棕髮，看起來很活潑的女孩。從腰間佩劍這點來看，不是劍士就是戰士。也就是前衛。之前沒看過這孩子。應該是新成員吧？

「我我我，我知道！我是他的大粉絲！」

「喔喔！」

居然還有粉絲。

說得也對。畢竟他是ＳＳ級的冒險者。

「我聽說他三年前左右還在這一帶，傳言說他移動到了漢瑪波爾加！」

三年前啊。以粉絲來說這個情報也太久了……算了，多半都是這樣。

畢竟在這個世界，沒辦法透過網路追查名人的活動。

「漢瑪波爾加在馬爾齊淵傭兵國！位在這裡的南邊方向，哎呀！想不到和涅克利那王國是反方向！我們也想穿越國境到安全的南方！換句話說，這就是所謂的順水推舟吧！好嗎？副隊長的前任！」

她把話包裝得很好聽啊。

算了，像這種孩子我也不討厭。感覺很像愛夏。

不過，說不定這孩子只是想說這件事，可能並不是北神卡爾曼的粉絲……

算了，我可以從其他地方蒐集情報。

「就算是反方向，我也打算送妳們過去啦……」

「真的嗎！不愧是副隊長的前任！肚量真大！真想和副隊長的肥肚肚交換！」

聽到這句話，我反射性地望向莎拉的肚子。

她立刻藏了起來。

「我的肚子才不大。」

今天最恐怖的聲音。害我差點就躲在艾莉絲後面。

算了，雖然不知道肚子有多大，但肯定沒前世的我那麼誇張。嗯。

「總而言之，我們就去漢瑪波爾加吧。」

就這樣，我與艾莉絲決定帶著「Amazones Ace」的成員穿越國境。

★　★　★

以結論來說，我們迅速地成功通過國境。

原本以為冒險者攜帶教導騎士團的通行許可證會遭到盤問，我還準備好了一套說詞，但他們一看到通行證，表情立刻僵硬，二話不說就放我們通過。

不僅如此，連「Amazones Ace」的成員也一臉僵硬表情。

「那該不會是偷來的吧？不要緊吧？」

「不要緊。沒問題。」（註：出自電玩遊戲《全能之神：梅塔特隆的昇天》）

既然會說出這種話，表示這張通行證似乎真的很不妙。

一旦在這個中央大陸冒充米里斯教導騎士團……就意味著與米里斯教團為敵，大家恐怕都很清楚這樣會招來什麼樣的結果。

因為未來日記上提到札諾巴與愛夏遭到米里斯教團殺害，所以我也大概猜得到。

不過，關於這張許可證應該不要緊。

畢竟這是經由神子所得到的。

真的不是用偷的啦……

「那邊的冒險者。站住！」

當我在街道上邊走邊想，聽見了這樣的聲音。

回頭望去，看見從國境的方向有三匹馬衝了過來。當然，並不是馬發出的叫聲。又不是諾克巴拉。說話的是騎在馬上的騎士。

一追上我們，他們就從馬上毫不客氣地投以俯視目光。

刻著米里斯神聖國國旗的銀色鎧甲。

是米里斯教導騎士團。

看到這幕的瞬間，「Amazones Ace」的成員頓時臉色蒼白。交頭接耳地說：「怎麼辦？該怎麼辦！」，莎拉還將手伸向腰間短劍。

仔細一看，艾莉絲也擺出戰鬥姿勢。

總之我先以手牽制她們，同時走到前面。

「有事嗎？」

「有聯絡指出某人持有我國米里斯的通行證。是各位沒錯吧？」

「是。沒錯。」

「我們並沒收到聯絡提到你們這種人會來。請讓我們檢查！」

喂喂，在國境使用通行許可證後才一個小時耶？

也太快了吧？

意思是教導騎士團無所不在嗎？真可怕……

「當然沒問題。請便。」

我這樣說完，讓他們確認通行許可證。

騎士之一以類似硬搶的方式奪走，目不轉睛地審視那個。

接著他一臉詫異地抬起面具，將視線來回游移在我的臉與通行許可證，然後向身旁的騎士小聲說話。

身旁的騎士從懷裡拿出類似魔術初學者用的魔杖，點擊許可證。然後鑲在魔杖前端的寶石便發出蒼白光芒。

他們面面相覷，點頭，然後下馬。

就這樣膝蓋跪地，畢恭畢敬地遞出通行證。

「不知道您是神子大人的使者，恕我們失禮！」

太好了。看來洗刷了嫌疑。

「不會不會。各位工作辛苦了。」

我收下通行證。看起來上面只有米里斯徽章與好幾個類似印章的花紋並排，但他們卻能知道這是神子的信物。之所以拿出魔杖是為了確認是不是真貨嗎？

不過話又說回來，只是確認一下就能令看起來很了不起的騎士們跪在地上伏首稱臣，簡直就像是越後縐綢批發商的印盒。（註：指水戶黃門）

「可是，神子大人的使者是因何要事才來到此地？」

「……來尋找某位人物。」

「方便請教嗎？」

「北神卡爾曼。你知道他的下落嗎？」

「北神目前並不在這一帶。據傳言所說，他在很久之前就移動到漢瑪波爾加，不過聽說他最近也已經從那邊移動……目前下落不明。」

哎呀，真假？

畢竟他移動到那邊也是三年前的事了，也對，就算移動到下一個城鎮也很正常。

「還有，我在尋找一名叫基斯的猴子臉魔族。」

「魔族嗎？為什麼？」

感覺他瞳眸深處一閃一閃的。真可怕。

「這個嘛……他是敵人，是為了打倒他。」

「原來如此！雖然不知道名字，但有人目擊到猴子臉的魔族目前就在漢瑪波爾加。」

是有益的情報。

當然，我不認為會這麼輕易就找到基斯，所以應該是別人……話雖如此，也有偶然在這種地方巧遇的可能性。

因為那傢伙也正按照自己的計畫行動。

「若有必要，我們可以現在就送快馬去抓住他。」

該怎麼辦呢？如果確實是基斯，注意到被我掌握行蹤，真的不會逃走嗎？

唔——

「騎士團大約有幾人。」

「在漢瑪波爾加有十人。」

「那麼，就麻煩你們了。」

「是！」

騎士以下巴向旁邊的騎士示意。

旁邊的騎士立刻跳上馬，就這樣朝著我們剛才前往的方向疾馳而去。

總覺得很不好意思。實際上這明明不是米里斯教團的工作。

「那麼，我們也回到工作崗位。」

「啊，是。謝謝幫忙。」

「是！……不過恕我冒昧，如果您也是米里斯教徒，像這樣帶著整團女性行動，我認為實在有些不妥。」

「喔……」

意思是從外人看來，我正處於後宮狀態嗎？

這裡面能讓我碰的女性只有一人，何況碰了那名女性也會有拳頭飛過來……

話雖如此，假如現在說我不是米里斯教徒，反而會變得很麻煩。

「我只是僱用她們擔任護衛而已。」

「是這樣說沒錯，可是……」

「既然雙方都沒有那個意思，就和男是女無關吧。反過來說，要是有那個意思，同樣是不分男女……我有說錯嗎？」

「唔！您說得沒錯！是我失禮了！」

阿斯拉王國也有許多人喜好男色。

因為帥哥也會建立一個被男孩子包圍的後宮，所以沒有關係。

所幸米里斯並沒有禁止男色的戒律。只有後宮這點會被打槍。

男人被大量男人所圍繞，或是女人迎娶眾多男人都不行。

這就是所謂的男女平等。

「那麼，我先告辭了！」

騎士們的表情就像是在說自己聽到了好消息，然後便離開了。

不管怎麼樣，幸好逃過了一劫。就算之後得知我不是米里斯教徒，畢竟我也沒有說謊，肯定不要緊。

「……怎麼了？」

「哎呀，原來那是真貨啊。」

「妳以為我會使用冒牌貨讓別人陷入危險嗎？」

「因為那個一般來說沒辦法弄到吧。」

「嗯，因為我在從事這樣的工作。」

奧爾斯帝德股份有限公司是展望未來的公司。

所以與守護各位未來的大企業社長建立了良好人脈。

「噢……總覺得，你在不知不覺間變偉大了呢……」

我不覺得自己有哪裡偉大啊。

★★★

當天晚上，我們在道路旁野營。

搭了兩個篝火，由兩個人輪班看守各自的火堆。

沒有人特別這樣提案，而是「Amazones Ace」的成員自然這樣做。

莎拉說過有討厭男人的女孩，或許是為了和我睡覺的地方多少拉開距離吧。

當然，我也不會因此鬧彆扭。

我又不是去酒店光顧時，中意的女孩不來陪坐的大叔。

因為艾莉絲睡在我旁邊，這樣就足夠了。要是有個萬一，口袋深處也還有洛琪希嘛。

反正以我們而言，也並非完全信任「Amazones Ace」的所有成員。

畢竟人神的使徒也有可能潛伏在這種地方。

所以還是別交給她們看守，我和艾莉絲輪流醒著就好。

這樣的艾莉絲將背靠在樹上，抱著劍以猶如坐著的姿勢睡著。

從前瑞傑路德經常這樣做。這種睡法很帥，她是什麼時候學會的？

不過睡臉倒是有些鬆懈。

儘管平常連睡覺時看起來也相當端正，今天卻莫名露出賊笑。

或許是作了什麼好夢。最近的艾莉絲感覺很冷酷，不太會強烈地表現自己的感情，但這種根本的部分倒是沒變。

艾莉絲比以前更加成熟雖然令人開心，但也感覺到有些寂寞。

先不提這個，差不多到輪班的時間了……但實在不忍心叫醒她。

「辛苦嘍。」

當我這樣心想，我旁邊響起了有人坐下的聲音。

是莎拉。

她兩手拿著冒出騰騰熱氣的杯子。「嗯」了一聲，將其中一杯遞給我。

「謝謝。」

我姑且先收下。倒在裡面的是有強烈透明感的紅色液體，我從未見過。看起來也不像番茄湯……試著聞了一下，有股嗆鼻的味道。感覺相當辣。

「這個是？」

「亞莉莎特製的提神湯。」

原來如此，是用來提神啊……

應該沒有下毒吧？

「我不客氣了。」

要是在莎拉眼前突然使用解毒魔術，她肯定會感到非常不開心，總之我先直接喝一口看看

吧。

我抱著這樣的想法，像是用舔的一樣小口喝著。

雖然少量，但芬芳的味道在口中擴散。喝下去後遲了一會兒，才感覺到口中殘留著強烈的刺激感。雖然原本想像的是辛辣口感，但意外地並不是那樣。又過了幾秒，感覺胃部與喉嚨一帶慢慢暖和了起來。類似喝生薑湯的那種感覺嗎？

「很好喝。」

「對吧？」

莎拉嘻嘻笑了出來，同時自己也緩緩喝起湯。

不過，莎拉小姐，妳是不是靠太近了？距離近到只要稍微傾斜身體，肩膀就會碰在一起。

是我太在意了嗎？

「是說魯迪烏斯。」

此時，莎拉開口。

「你現在在做什麼？」

「什麼是指？」

就是和女孩子很靠近，很普通地覺得小鹿亂撞這樣……不對，讓我解釋。我確實有三名妻子，認為外遇是不對的行為，同時也是禁慾的魯迪烏斯。

不過，美女坐在旁邊會令人心跳加速，我想這也是無可厚非。

我握緊口袋裡的布，祈禱。

神啊，請賜我力量！

「我啊，以為魯迪烏斯會在夏利亞的魔術公會或是哪裡就業，在那做些研究，或是當上教師去教其他人魔術呢。」

「我當教師？」

「畢竟你很會教人。」

是這樣嗎？我曾教過莎拉什麼嗎？沒什麼印象。

「再不然，就是與老婆一起擔任阿斯拉的愛麗兒公主殿下的護衛之類……啊，我記得那個公主殿下，好幾年前當上了國王對吧？因為我不住在阿斯拉，不太了解詳情。」

「嗯。其實我也協助了這件事。」

「協助……啊……可是，你並沒有成為愛麗兒王的臣下。」

喔喔，所以她才會問我在做什麼。

「因為我成為了其他人的部下了。」

「其他人？」

「龍神奧爾斯帝德。」

「龍神？是七大列強的那個？」

喔，她好像知道七大列強。我記得在冒險者當中好像不算很有名。

「沒錯沒錯。我現在投入那個人的麾下，作為那個人的爪牙在各地暗中活躍。」

「……爪牙、暗中活躍。你是經歷了什麼才會成為那種人的部下啊？你把自己賣掉了嗎？像是我可以派得上用場，請務必收我為部下～什麼的。」

「關於這部分，就說來話長了。」

「講給我聽嘛。你還會醒著吧？」

其實差不多該跟艾莉絲換班的說……算了。

「這個嘛，該從哪裡說起才好呢……」

後來，我聊了往事好一陣子。

從人神的事情開始，一邊接受那個人神的建議一邊旅行。

有一次，接受人神的建議打算前往地下室，竟遇見了來自未來的自己。

得知照人神所說的去做會讓我破滅。

可是已經太遲，我遭到人神威脅，被迫與龍神奧爾斯帝德戰鬥。

儘管我費盡心力做足準備去挑戰，但依然贏不了。

我拚命求饒，懇求他至少放過我的家人，卻被他一口回絕。

後來是艾莉絲來救我。

在瀕死之際，奧爾斯帝德提議要我加入他那邊，而我也答應了……

「後來，我暗中活躍的人生就此展開。像是在阿斯拉王國努力讓愛麗兒當上國王，在西隆王國參加戰爭，在米里斯綁架神子，在魔大陸被當成公主……」

「那你白天說的基斯是誰？」

「他是人神的爪牙。所以我現在為了打倒那傢伙正在召集戰力。勸說北神卡爾曼也是其中一環。」

「是喔……」

不知不覺間，杯子已經空了。

不過因為有水魔術，不至於口渴。

「與奧爾斯帝德的相遇，對魯迪烏斯而言是很不錯的邂逅呢。」

「是啊。我真的覺得，幸好遇見了奧爾斯帝德。」

「他是什麼樣的人？從剛才的話聽起來，感覺是非常溫柔又很大氣的那種？」

「若要以一句話來比喻，我想想……」

浮現在腦海的是，我與奧爾斯帝德的回憶。在建立事務所的時候，一起去阿斯拉王國的時候，與克里夫一起製作詛咒的，不對，解咒的頭盔時，無論何時他總是……

「臉很嚇人。」

「噗呼！」

莎拉噴了出來。不過也沒辦法，畢竟本公司的社長既溫柔又大器，不僅有包容力也見多識廣，但臉很嚇人也是不爭的事實。

浮現在腦海的，盡是奧爾斯帝德可怕的表情。

「嘻……呵呵，啊哈……什麼啦……他明明那麼照顧你，臉卻很嚇人……？」

「不，他的臉真的很恐怖。還有因為詛咒的關係大家都討厭他。」

「唔噗……！」

似乎戳中了她的笑點，莎拉抱著肚子蹲坐在地上好一段時間。之所以沒有大聲笑出來，是顧慮到正在熟睡的大家吧。

「啊——……真有趣。」

「我也是因為與奧爾斯帝德戰鬥，才能與艾莉絲重修舊好。所以，奧爾斯帝德大人對我而言也是愛神邱比特。」

「明明臉很嚇人？」

「明明臉很嚇人。」

莎拉又笑了。捧腹大笑。甚至咳了起來。有這麼好笑嗎？不太懂最近年輕人的笑點。

「……呼——」

笑了一陣子後，莎拉重重地吐了口氣。

然後，她望向我。或許是錯覺，也可能是因為受到火堆的光線照射，她看起來臉色紅潤。

或許是要做愛的告白……真是那樣就拒絕吧。像個男子漢一樣帥氣拒絕。說我已經有妻子和丈夫了。

儘管我認真地這樣思考，但身體卻僵住不動。

「魯迪烏斯變了呢。跟在當公主殿下護衛時變得截然不同。」

莎拉的眼神溼潤。很美，很可愛。可是，我明白自己的呼吸變淺，額頭上流下汗水。情急之下將手伸進口袋，握緊聖物。

「哎呀，已經這麼晚了。聊得太投入了。我差不多該去換班嘍。」

「啊，嗯。」

莎拉迅速地離去。

……鬆了口氣。

總覺得，一旦與莎拉營造出那種氣氛，我就會提心吊膽……果然，我的身體說不定還記得發現自己ＥＤ時的那種打擊。

「……」

此時，某人在莎拉剛才坐的位置的相反方向坐下。至於是誰，不用說也知道。因為我從剛才就一直感覺到視線。

「艾莉絲，妳什麼時候起來的？」

「從奧爾斯帝德是愛神邱比特那邊。」

「如果奧爾斯帝德是邱比特，妳會怎麼想？」

「很噁心。」

哎呀真直接。也對，只要是受到奧爾斯帝德詛咒影響的人，自然會有那樣的感想。

「不過。如果是多虧他我才能待在魯迪烏斯身邊……要……要感謝他也可以。」

艾莉絲這樣說完，將頭靠在我的肩上。

嗯~感受到愛意。

「艾莉絲。」

「什麼啦？」

「大腿讓我躺吧。」

「……真拿你沒辦法。」

我將頭靠在艾莉絲的大腿上。

感覺身體剛才為止的僵硬感消失，也不再繼續流汗。

說不定，艾莉絲是看到我被逼到絕境而來幫我的。

「我會顧到早上，魯迪烏斯就直接睡吧。」

「嗯。謝謝妳艾莉絲。」

艾莉絲的大腿稍稍硬了些，可是令人安心。既不是亞爾斯也不是齊格的兒子，也一邊抬頭一邊說「看來危機已經消失了」。雖說危機解除，但沒有你出場的份，老實點吧。

我一邊這樣心想，同時沉沉睡去。

★★★

隔天，我們走在道路上，發現了從遠處也看得一清二楚，猶如巨大磐石的整塊石頭。

進一步走近查看，可以知道在那個山腳有村落升起冉冉白煙。

是漢瑪波爾加。

這個城鎮位於馬爾齊淵傭兵國的角落。

來到城鎮入口後，便看到此處立著鐵製招牌。

「鍛造之鎮漢瑪波爾加」。

沒錯，這個城鎮盛行鍛造。

這裡的居民會在那塊巨大岩石底下採收優良鐵礦，再將鐵礦進一步加工，出口到其他國家以維持生計。

一踏進城鎮便聽到敲擊鐵塊的聲音，彷彿來到礦坑族的聚落。

然而，實際上鮮少有人將這裡稱為鍛造之鎮。

人們是如此稱呼這個城鎮

「傭兵之鎮漢瑪波爾加」。

馬爾齊淵傭兵國正如其名，是由名為馬爾齊淵的大傭兵所建，藉由將傭兵送往鄰近國家維生的死之商人國。

漢瑪波爾加在這當中特別盛行的是生產武具，再加上容易籌備好裝備，所以成為了外國傭兵的巢穴。

世界知名的傭兵團根據地，就算說幾乎都在這個國家也不為過。

當然，魯德傭兵團並不是。

你說因為魯德傭兵團還不算舉世聞名？嗯，現在是這樣。

不過那是本公司底下的承包企業，而且是由愛夏所經營，總有一天會在世界打響名號。

「……」

好啦，漢瑪波爾加畢竟是傭兵的城鎮，走在鎮上的盡是慓悍臉孔。

可是明明如此，卻沒有劍之聖地的氣氛那般緊張，是因為這裡是安全地帶嗎？或者說，是因為我內心認為傭兵這類人士有辦法溝通嗎？

不，我的意思並不是劍神流的劍士都是群沒辦法溝通的傢伙喔。只不過他們在講話之前會先出劍罷了。

然而，不知為何他們都偷偷對艾莉絲投以視線。

就算艾莉絲回瞪，他們也沒有找碴，只是面露輕浮的笑容離去。

目前為止並沒有發生任何狀況，不過我實在很擔心他們何時會找艾莉絲麻煩，進而產出大量死人。

「一路上雖然不知道會發生什麼事，不過倒是順利抵達了。」

當我正為此擔心時，莎拉突然停下腳步這樣說道。

「到這裡就可以了。真的很感謝你。」

「到這裡就好嗎？其實我可以送妳們離開紛爭地帶。」

「我們沒辦法付你報酬耶，別開玩笑啦！」

「算了算了，畢竟我與莎拉交情匪淺嘛……不然，妳也可以用身體支付。」

我故意露出下流表情將手指動來扭去，「Amazones Ace」的成員頓時臉色鐵青感到退卻。

艾莉絲也抓住我的手腕，被狠狠瞪了一眼。

「開……開玩笑的啦……」

「我知道，如果不是開玩笑，昨天晚上你應該就對我出手了嘛。」

「莎拉，可以不要再說了嗎？我的手骨會碎裂的。」

我輕輕地回握打算捏爆我手腕的艾莉絲的手，她便鬆開了。

「我們也不是小孩子，只要來到這裡就沒問題了。」

「這樣啊。」

「況且你好像也有該做的事情，我們就趁不會妨礙到你的時候離開吧。」

妨礙，是嗎……

確實，萬一基斯就在這個城鎮，勢必會引發紛爭。

不能讓她們被牽連進來。

「況且，要是想僱用你當護衛，我的身體好像還負擔不起。」

儘管我想說沒有這回事，但至少以昨晚的狀況來看，莎拉似乎沒辦法靠身體僱用我。

「那麼，就在此道別吧。」

「是啊……能久違見到你，我很開心。」

「我也是。」

「……你真的變了，該怎麼說，感覺很了不起。」

「我認為自己並沒有變得了不起。」

「不是那個意思啦。你看我，自從與你差點發展成那種關係的時候開始，就一直在當冒險者，一直做同樣的事情，根本沒有變……」

「我是不這樣認為啦……」

莎拉雖然這樣說，但她的外表比以前成長許多，變得更加成熟。

與她聊過，可以發現許多部分都有所變化。

儘管這次只有幾天，但若是能相處一個月，她與當時不同的部分應該會明顯浮現出來。

儘管本人可能沒察覺到，但人是會改變的。

「……」

莎拉低著頭好一陣子。

我該怎麼向她搭話才好……

當我正在為此煩惱，不久後她像是下定決心那般猛然抬頭。

「好，決定了！我不當冒險者了！」

「啥！」

莎拉突然其來的宣言，令「Amazones Ace」的成員傻眼地大叫。

然而，莎拉卻沒有看著她們。

既然是隊伍成員，這種話應該要向著她們開口才好吧？

「妳不當冒險者打算做什麼？要開始從事什麼新工作嗎？」

「也沒有要從事什麼新工作。我打算在某個地方找到好男人跟他結婚，生下小孩，一邊狩獵一邊生活。」

因為莎拉至今從未做過這種事，算是全新的嘗試，可是……

「因為莎拉是美女，會讓人擔心妳是不是會被壞男人拐騙。」

「放心吧。我會挑個不會去妓院喝醉酒後還鄙視我的傢伙。」

「哎呀，聽來真刺耳。」

儘管那對彼此來說肯定都是令人難受的回憶，但如今卻能自然地當笑話看待。

起因是因為我的誤會而得了ＥＤ，後來的行動導致了這樣的結果，因此我或許不能笑。

就算這樣，既然莎拉願意原諒我，打算將這件事一笑置之，那又有何不可呢？我也應該要笑。

「總之，要是妳遇上什麼困難，就來依靠我吧。」

「嗯。我會這麼做。」

「再見。」

「嗯，再見。掰掰，魯迪烏斯。」

莎拉輕輕揮了揮手，開始朝向鎮上跑去。

「Amazones Ace」的成員追著她跑了過去。也可以聽見有人說著：「不當冒險者是什麼意思？」

待會兒，她們肯定會在旅社或是哪裡起一番爭執。

不過，別看莎拉那樣，該說她很死心塌地嗎？總之她有頑固的一面，肯定不會撤回引退宣言。

離開紛爭地帶之後，不知道會直接解散隊伍，或者是只有莎拉離隊。

之後，莎拉將會開始她嶄新的人生……

祈禱她不要像某人一樣，為了婚活而潛入迷宮。

不知道下次何時能再見。也不曉得是否還能再相遇。

但要是有緣再見一面，希望能像這次一樣聊天。

希望下次不是只有我講自己的事，而是也能聽到莎拉的經歷，我一邊這樣心想，同時和莎拉道別。

第九話「北神與傭兵」

與莎拉等人道別後，我決定尋找前幾天遇見的教導騎士。

雖說北神卡爾曼好像已離開這個鎮上，但情報指出有名疑似基斯的人物。

我不認為他本人會出現在這種地方，但或許能得到某些有益的情報。

儘管這也有可能是為了吸引我出現的陷阱……但如果是基斯，我認為不會採用這種近似偶然的方式才能找到的方式。就算他要這麼做，也不會讓我以為說不定得與北神這種很有機率成為使徒的對手戰鬥，而是營造出更令我安心的狀況，趁我掉以輕心時再下殺手。不，這樣與其說是基斯，更像是人神的手法。

不管怎麼樣，那名疑似基斯的人物似乎已經被前幾天的教導騎士逮捕，總之我得先聯絡那名騎士。

話雖如此，我也不清楚教導騎士的值班室在哪。

失策啊。應該先決定集合場所才對。

去找類似值班室的地方吧……問路人的話他們會知道嗎？

「就說了，我才不會出賣伙伴啦。」

我一邊這樣心想一邊走著，聽見前方傳來這樣的聲音。

低沉，猶如呻吟，然而卻感受到強烈意志，非常清楚的聲音。

感覺好像在哪裡聽過……

「我沒打算支付金錢。我的意思是要你們遵照米里斯的旨意，乖乖將那名魔族交給我。」

另一邊，則是深信自己正確，不疑有他之人的聲音。

仔細一看，有兩組人馬正隔著道路瞪視著對方。

其中一方可能是傭兵吧。身上鎧甲五花八門，手上拿著各自的武器。

另外一方，所有人都穿著相同的銀鎧。是刻有米里斯徽章的銀鎧……

原來起爭執的是教導騎士團與傭兵。

教導騎士團只有十人左右，相對的傭兵將近二十人。儘管人數上有明顯差距，教導騎士團卻沒有退讓的打算。

想必是因為他們對本領有絕對的自信……但令他們如此堅定的，是認為自己站在正義一方的絕對自信。

「那我換個講法。我不會背叛伙伴。」

站在傭兵身旁的是一名男子。

彷彿小混混就這樣長大成人那般，眼神凶惡的男子。

喔喔，真令人懷念的長相。是說，他稍微變老了？甚至還留了鬍子。

「佐爾達特先生！」

佐爾達特．黑克勒。

繼莎拉之後，眼前又出現了懷念的人物。

他對我來說也是恩人。當我發現自己ＥＤ之後，在許多方面都很照顧我的冒險者。

總覺得這次遇上了很多懷念的人。

「啊？有什麼事……咦？喂，這張臉可真令人懷念啊。」

「好久不見。」

「嗯……不過我現在正忙。晚點再說吧。」

佐爾達特這樣說完，重新轉向教導騎士。

「可以姑且問一下發生了什麼事嗎？」

「啊？就是這群傢伙突然跑來，說要我們把成員交給他們。明明我們什麼都沒做！」

「原來如此。話雖如此，若什麼都沒做，把人交給他們也不會有問題吧？他們應該也不會做出粗魯舉動……」

「少笨了。他們怎麼可能不動手啊。這可是將魔族交給米里斯教導騎士團耶。就算沒死，少掉一兩顆眼球也沒什麼好奇怪。」

啊，是這樣啊。

教導騎士團聽了我的話後行動，但卻遭到對方拒絕。

也對，既然是由排斥魔族派的人來帶走魔族，自然也會做出粗魯行徑。

與其說是有點思慮不周，不如說如果真是基斯，我反而覺得就算對他動粗也沒關係。

不過話又說回來，想不到會是佐爾達特的伙伴……

唔──萬一佐爾達特與基斯聯手，到時候也得與他為敵嗎？

……實在很不想。

「……那個，剛才討論的魔族在哪？」

「就是那傢伙啊。」

佐爾達特用下巴指示的前方。

該處有一名猴子臉的魔族。

「想……想怎樣啊你……」

不對。儘管長相非常神似，但體格較為結實，感覺偏向戰士。若真要分類，比較像辛馨亞蒂嗎？

由於狀況特殊，看起來有些許膽怯，但就算對手是教導騎士團，他依然手拿武器打算勇敢戰鬥。與身材瘦弱且態度輕浮，到處逃竄的基斯看起來正好是相反類型。

不過，臉真的很像。

相似程度就好比大猩猩與黑猩猩。

說不定他們是相同種族。不過我聽說基斯是奴卡族最後的倖存者。

「你的名字和種族是？」

「我是洛卡族的葛蘭茲！就算是教導騎士我也不會怕啦！」

這傢伙怕得要死。因為腳一直在抖。

乖喔乖喔。馬上就結束了喔——

「你和奴卡族的基斯無關嗎？」

「基斯？以前是有跟他組過隊啦……是說，那傢伙又闖禍了嗎！我受夠了！只是因為有點像而已，我都不知道被誤認是那傢伙幾次了！更何況洛卡族才不是魔族！是獸族！」

總之他好像是別人。應該說是被害者。

算了，我早就料到會是這麼一回事。

「明白了。那麼，就由我去跟他們說一聲吧。」

「還說什麼說一聲，他們才不是會聽人講話的……喂……喂！」

我瞄了佐爾達特一眼，便走向教導騎士團。

呃，前幾天那個人是誰？所有人都戴著頭盔根本分不出來啊。

「抱歉。前幾天的那位是？」

「是我。請問，您與那邊的幾位認識嗎？」

「嗯，很偶然的……順帶一提，在那邊的魔族，似乎與我在找的人物是不同人。」

「不同人，是嗎？」

他的表情就像是在表示「明明是魔族啊？」。

不管是魔族還是獸族，不同人就是不同人。

「聽說他不是魔族而是獸族。不管怎麼樣，感謝各位的協助！」

好，解散！

我抱著這樣的心情，將拳頭握在胸前並低下頭，教導騎士也擺出類似的動作後離去了。

「一陣子沒見，你倒是變得很會交際嘛……」

最後，佐爾達特愣在一旁這樣說道，自導自演稱不上善於交際吧。

總而言之，基斯果然不在這裡。

★★★

佐爾達特擔任隊長的冒險者隊伍「Stepped Leader」是隸屬於「Thunderbolt」集團的旗下組織。

「Thunderbolt」是擁有世界屈指可數規模的冒險者集團。

這個「Thunderbolt」目前正將旗下所有隊伍聚集到漢瑪波爾加鎮。

為什麼「Thunderbolt」如此大規模的集團會在這種地方？

要說明這件事，就必須從他們為什麼要建立大規模集團開始說明。

話雖如此，需要說明的事項並不多。

人建立類似企業的團體，並展開營運的理由，除了以穩定賺錢為目的外別無其他。

大部分的集團，都是以隊伍同伴之間的相互扶持為目的而組成。

單一隊伍感覺無法攻略的委託，會由能夠信賴的許多隊伍共同承接，或者是為了能夠安全地完成那類委託……

「Thunderbolt」也是因為這樣的理由而組成。

至於契機，則是因為當時在魔法三大國活動的三個有名S級隊伍，為了攻略某座迷宮而聯手。

以結果來說，他們成功攻略了迷宮。「Thunderbolt」一舉成名，之後也順利地大顯身手，規模也變得愈來愈大，變得能一次同時攻略好幾座高難度迷宮。

儘管我也曾做過一次，但若想攻略高難度迷宮，就必須由本領、經驗與直覺兼具的S級冒險者隊伍，身穿完美裝備，接受完美後援的狀況下進行挑戰。

話雖如此，不可能總是以最佳狀態潛入迷宮。

若要在生活的同時僅靠自己人整頓裝備、規劃日程、研擬計畫，做好萬全準備挑戰迷宮的話，幾個月才能潛入迷宮一次也是很有可能。

當然，也是有人以馬虎的裝備、隨便的計畫、草率的準備潛入迷宮，幸運地找到能以高價賣出的魔力附加品之類，成功攻略迷宮……不過大半都會走上悲慘的末路。

那麼，該怎麼做才能隨時維持在最佳狀態，而且又以高頻率潛入迷宮，確實抵達最深處成功攻略呢……

沒錯，如果是大規模的集團就有可能辦到。

人愈多愈能分攤職責。

戰鬥力過人，以迷宮最深處為目標的隊伍。

以他們帶回來的情報為基礎，邊狩獵中低階層的魔物邊探索樓層的隊伍。

負責管理金錢及準備裝備、研擬計畫、整理情報的隊伍。

眾人各盡其職，團結一心挑戰一座迷宮。如果是大規模集團，就有可能辦到。

那就是S級冒險者會組成大規模集團，或是想要加入其中的理由。

然而，也不盡然全是好處。理所當然的，大規模集團也存在著壞處。

就是錢。

人群聚集，承接專業工作的人愈是增加，開銷自然也會跟著上漲。

潛入迷宮，肯定是要成功攻略才好。

能在迷宮最深處獲得的魔力結晶，視狀況而定，一顆就能賣出足以在阿斯拉王國建造豪宅的金額，就連在半路得到的魔力附加品，只要好運得到不錯物品，自然可以大賺一筆，得到一百個人整年的伙食費。

不過，雖說是理所當然，但不可能每次都能成功攻略。被其他集團捷足先登，攻略最深處的S級隊伍全滅，在途中耗盡資金……主因五花八門，總之會出現持續產生赤字的狀況。

這樣一來，集團的隊長就得傷腦筋了。

想潛入迷宮，卻沒錢。沒辦法將成員送進迷宮。

明明是為了穩定賺錢才組成的集團，卻為錢所苦。

儘管說來奇怪，但人生往往如此。並非所有事情都能順心如意。

那麼，大規模集團該如何賺錢？

若是要求穩紮穩打，就是各自隊伍自行承接委託，將部分報酬上繳給集團才是最佳選擇。

或者，由複數隊伍承接委託……比方說承接討伐脫隊龍之類的委託也是選項之一。

然而，其實有大規模集團才能鑽的漏洞。

就是國家與大商人所提出的專屬委託。

比方說，往來魔大陸與米里斯大陸的船隻得隨時有護衛同行。這些護衛，就是與造船所簽訂專屬契約的冒險者。西部港與東部港這兩處，也是由大規模集團獨自承接。他們會輪流護衛船隻賺取金錢，藉此潛入附近的迷宮。

那麼，「Thunderbolt」又是如何？

當然，「Thunderbolt」在北方大地的魔法三大國是頂尖集團。

他們與各地大商人及魔術公會都有簽訂契約。

然而無奈的是，他們將領域拓展得過於廣泛。

範圍涵蓋愈廣，阻礙自然也會愈多。

具體來說，也曾經有人提過從迷宮帶回來的魔力附加品，到底該賣給商人還是魔術公會。

如今，他們已經無法肆無忌憚地與各地富豪簽訂契約，無止盡地從各地收集金錢好用來探索迷宮。

話雖如此，集團規模已變得十分龐大。

隊伍超過五十個，集團成員超過五百人。

集團隊長必須一邊維持黑字，一邊養活他們所有人。

儘管有人會認為乾脆解散或是縮小規模不就得了，但要放棄曾經得到的東西，比想像中更需要勇氣。

集團隊長很煩惱。

他肯定是一邊煩惱，同時採取了各種手段。

然而卻無法解決根本的問題……於是集團隊長做出了某個選擇。

要讓五百名成員組成的集團所有人都求得溫飽，又能探索迷宮的工作只有一個。

那就是傭兵事業。

並非不可能。雖說殺人不是他們的專長，但兼具本領、經驗以及直覺的冒險者比比皆是。

於是，「Thunderbolt」成為了說不上冒險者集團，也不能說是傭兵團的集團。

因為要離開住慣的北方大地前往紛爭地帶，也有隊伍因此退團……但身為核心的隊伍跟隨集團隊長，前往了紛爭地帶。

佐爾達特所率領的「Stepped Leader」也不例外。

現在，他們好像過著探索迷宮與投入戰爭反覆上演的每一天。

「不過，實際上並不壞。在這裡的話傭兵的需求不會間斷，資金也很優渥。這幾年還攻略了五座迷宮。」

我在「Thunderbolt」的集團室聽到了上述情報。

佐爾達特一臉理所當然地迎接我們，在這個房間告訴我們近況。

他以平淡語氣，就像從前那樣，以感覺有些無趣且粗魯的方式說著這番話。

「不過，也是有人受不了。畢竟作為傭兵殺人與殺死襲擊而來的盜賊，兩者的感受完全不同。要是攻略迷宮後拿到一大筆錢，也有許多人會索性引退回到故鄉。」

「Stepped Leader」當時的成員好像一個也不剩了。

聽說不是引退，就是戰死。

我本身也曾受過他們關照，對那些死去的人，實在感到遺憾。

「佐爾達特先生，你不打算引退嗎？」

「啊——……？」

佐爾達特半張著嘴，突然哼笑一聲。

「我也曾想過……可惜錯過了機會。我將來要不是失去性命，再不然就是失去一條手臂，直接沒了工作死在路邊吧。」

雖然這番話聽來自暴自棄，不過像這種臺詞，和我搭檔那陣子他也經常這麼說。

「你嘴上這樣說，但應該會想著得照顧新人，而拖拖拉拉地留到最後吧？」

「哦哦？搞什麼，你現在也挺會耍嘴皮子嘛。以前明明是哪怕嘴巴裂開也不會講這種話的小鬼。啊，我記得你結婚了對吧。所以是治好了那個，還生了小孩，多少培養了些自信了是嗎？啊？」

「好痛好痛！」

這樣說完，佐爾達特將手繞過我的脖子，再以拳頭朝著頭頂猛烈轉動。

這種感覺真令人懷念。

「那麼，你是為了什麼才來這種地方？這裡不是結婚的男人會來的場所吧。」

「喔，詳情其實說來話長。」

我將過往的經歷以重點敘述，並說明目前正在找北神卡爾曼。

「所以，現在作為這項行動的一環，我目前正為了將北神卡爾曼三世拉攏為伙伴而行動。」

「噢，龍神奧爾斯帝德的部下啊……也對，你從還是冒險者的時候，本領就特別出眾，這種事情也是有可能的。」

佐爾達特感到些許驚訝，可是卻又有一定程度認同我。

「說到北神卡爾曼，我記得好幾年前有個很像他的傢伙。」

「喔喔，他現在人在哪裡？」

「這個嘛。我也沒有那麼清楚。」

我想也是。

「我有見過他好幾次，是個很不可思議的傢伙。明明一把年紀了卻莫名有精神。還打算教我們隊上的年輕人劍術。」

「哦？」

「而他的教導也十分確實。儘管一看就知道是北神流，他卻沒用劍，可是又強得一塌糊塗……我原本就猜他肯定是知名人物，既然是北神那也難怪。」

嗯？奇怪？我怎麼記得北神卡爾曼三世比較自我意識過剩……說得明白點，就是很希望被別人認同的傢伙吧？

身邊的人都不知道他的名字，這種事有可能嗎？

我記得他應該拿著從北神卡爾曼二世傳給他的驚人大劍才對……

隱姓埋名，封印大劍，打算教導年輕人武術……

那個人是二世吧？

奇怪……？

哦，不對，這種事情也是有可能的？

儘管不是混沌理論，但我在這個世界展開了各式各樣的活動，導致人們的動向也有所改變。

原本北神卡爾曼三世所在的場所，換成二世出現也沒什麼好奇怪。

況且奧爾斯帝德也說過，他們父子很相像。

「原來如此。謝謝你。」

這次也撲了個空。劍神的時候也是，計畫落空的狀況真多。

儘管也可以說之前順利過頭，但像這樣無法達成目的的狀況接踵而來，實在令人心煩。

明明基斯已經在一步一步地進行準備了……

「看來這次是撲了個空，那我也該回去了。」

「事情辦完就要回去了嗎？在這悠哉待一陣子如何。我很歡迎喔？」

「這個嘛，可是我分身乏術。」

「畢竟你是龍神的部下嘛。真是的，變得這麼了不起啊。要是我不幹冒險者，到時你可務必要幫我介紹工作啊。」

「喔喔，既然這樣，我們旗下姑且有個名叫魯德傭兵團的部門，做的事情與其說是傭兵更像雜工，但如果是佐爾達特先生我會舉雙手歡迎。別說等引退之後！請你務必現在就來我們公司！」

沒有知會愛夏一聲就挖角人才並不妥當，但既然是我的介紹應該能安插進去。萬一被打回票，乾脆就別去承包的魯德傭兵團，可以直接讓他進上市企業的奧爾斯帝德股份有限公司。我們公司前途光明，非常歡迎新人。

佐爾達特既勇猛又會照顧人，像這種好人來再多也不會困擾。

「……雖然是我自己提出的，但還是算了。因為就算是這樣的我，也有人願意仰慕我。」

可是，回答卻很冷淡。

嗯，也對啦。剛才佐爾達特也是出面袒護同伴。

他面對可怕的教導騎士團，試圖守護同伴。

他有自己的容身之處，打算守護那個地方。

「要是被趕出這裡，無路可去的時候再拜託你啦。到時，我可能真的失去一條手臂，八成沒辦法派上用場就是。」

「當然。就算這樣也沒關係。我會等你的。」

「呿。」

聽到我的回答，佐爾達特擺出一臉無趣，感到不屑，不肯相信般的表情，可是卻又像是有些開心地用鼻子哼笑一聲。

這個距離感令人懷念，同時也感到開心。

「算了，不過話又說回來，那天那個借酒澆愁到我以為會死，哭得一塌糊塗，被我帶去妓院的臭小鬼，居然變得這麼偉大了啊～」

哎呀，這件事希望就別提了。

「那是什麼？」

看吧，艾莉絲感興趣了。

「哦，想聽嗎？」

「等等，佐爾達特先生……別說了啦……」

「有什麼關係？你也不會在意以前的事情了吧？這件事在傭兵團裡面可是熱門笑話喔。」

我的失敗經驗居然是熱門笑話嗎？

「到底是什麼事啦？」

「喔喔，這個男的。我不知道他現在被人怎麼稱呼，但在當冒險者的那陣子他自稱『泥沼』的魯迪烏斯，是很有禮數的傢伙，對誰都是笑容滿面，講話畢恭畢敬。可是本領卻是超一流。實力驚人到有辦法一個人打倒脫隊赤龍。」

其實並不是我自己取名也沒有這樣自稱，脫隊赤龍也不是我獨自討伐的……算了，像這種故事多少有些加油添醋才有趣。

「不過，差不多從他開始這樣自稱的那陣子，泥沼不過是個單純的水窪的那陣子，因為他不僅講話隨便，甚至也不會好好跟人打招呼，感覺就連笑容也忘在母親的肚子裡面，所以才隨便買個面具用漿糊黏上去成天嘻皮笑臉的，可是卻唯獨眼神總是瞧不起人，那副嘴臉就像是在講自己是這世界上最不幸的人。」

「……」

「是個很鬱悶的小鬼。看了實在很不順眼。」

此時，佐爾達特就像是突然想起什麼似的把話在這邊暫時中斷。

他看了我一眼後以鼻子哼笑一聲，重新轉向艾莉絲。

「這樣的小鬼啊，某一天突然出現在我們『Stepped Leader』常去的酒館，一臉老派地開始喝酒。哎呀，真令人不爽。雖然很難說明是對什麼地方不爽，但總之就是很不爽。所以，我打算過去調侃他幾句。想說反正這傢伙根本沒勇氣吵架。」

「……」

艾莉絲默默聽著，不過眼神很嚴肅。

儘管不會突然砍過去，但看起來隨時痛毆佐爾達特一頓也不奇怪。

「然後啊，他突然就揍過來了。雖說是喝醉了，但一名魔術師，居然揍劍士耶？不過啊，我沒有還手。因為泥沼那傢伙一邊揍我，還一邊哭了出來。我佐爾達特大爺，怎麼可能認真對一個邊哭邊揮拳的小鬼動手？」

「……是啊。」

艾莉絲回應的聲音低沉到教人膽顫心驚。

她恐怕在生氣吧？希望佐爾達特別再繼續說下去了。

不對，到最後這件往事並不是在嘲笑我，結論會落在佐爾達特後來很照顧我這一點，只要最後再幫他美言幾句就行。

可是艾莉絲的拳頭好像會在那之前就終結這段故事。

「然後啊，我聽了事情來龍去脈，才知道他跟同隊的女人感情變得有點不錯，就在要上床的時候，居然因為被以前的女人甩掉的打擊而硬不起來。他可是能一個人討伐脫隊赤龍的傢伙耶，很好笑對吧？」

「……」

「話雖如此，我也是個好人。我打算幫泥沼的那個想辦法重振雄風。哦，話是這樣說，但可不是我親自幫他硬起來喔。畢竟我對男人沒興趣……呃，這裡應該要笑才對吧……」

「啊哈哈——我也不想因為佐爾達特先生而硬起來啦。」

我雖然代替艾莉絲先笑了幾聲，但艾莉絲身上散發的氛圍差到不行。

好像連空氣中都聽得見劈哩啪啦的聲音。

「後來因為這樣，我就說了『來治好吧！』，兩個人一塊去了妓院。像這種事情，果然還是得請這行的專業人士幫忙。我把泥沼丟在高級妓院，在酒館等他的好消息。泥沼在妓院嘗試了哪些玩法……不，是打算嘗試哪些玩法，我也不清楚。總之，泥沼硬不起來，作為一個男人，他的身體變得沒辦法一個人站起來。」

啊，這裡應該笑吧。

艾莉絲小姐，來，笑一個……別擺出那麼恐怖的表情嘛。

「總之既然交給專業人士也無能為力，我當然也束手無策，所以我們兩人在當晚以要將店裡的酒全部喝光的氣勢狂喝一頓。然後呢，從這裡開始才是經典。回程路上，泥沼一邊摸著娼妓大姊姊的胸部，脫口說出：『果然像小鬼的女人還是不行，要那種波濤洶湧的才好！』。當時經過的，就是泥沼隊上的女人。沒錯，是想在那天晚上達陣，卻失敗的女人。」

嗯，我記得很清楚。

我記得不是一邊摸娼妓大姊姊的胸部，而是在離開店家後才發生的。

「啪！我不想再見到你！」

佐爾達特的手勢就像是在演默劇，宛如小丑那般確實很有趣。他肯定已經做過好幾次了吧。

「就這樣，泥沼遭到女人拋棄，下定決心以一名冒險者的身分活下去……」

佐爾達特這樣講完故事後，團體室的其他冒險者立刻嘻嘻笑了出來。

我也差點跟著笑出聲音。

哎呀，與其說有趣，不如說懷念更為恰當。

在那之後，真的發生了許多事。

與莎拉訣別，前往魔法大學，讓希露菲幫我治好，與洛琪希重逢，保羅死去……如今，我已經有四個小孩。明明是這幾年才發生的事，卻相當豐富。

「……真懷念啊。」

「就是啊。當時的我也很年輕。沒意義地就去找你麻煩。」

「這點現在應該也沒變吧？」

「哈哈，你這傢伙真敢說啊！」

他的手又繞過脖子，朝我的頭頂狠狠轉動。

然而，佐爾達特突然回神，望向艾莉絲。

「是說，這段故事似乎不適合那邊的紅髮美女聽啊。她是哪裡的誰？我記得，你不是討厭紅髮的女人嗎？」

「啊——……」

對了，也必須說明這邊的狀況。

「其實我並沒有討厭。只是內心有點陰影而已。」

「對世人來說，這樣也算討厭啦。」

是這樣嗎？

我這樣心想望向艾莉絲，她環起雙臂張開雙腳擺著熟悉姿勢。

表情看起來有些不安。

但是，我並不討厭紅髮，艾莉絲應該也心知肚明。我平日對她有多麼……不對，像這種事情還是確實說清楚比較好。

「我不討厭喔。」

「我知道啦！」

「咻~居然還會在大庭廣眾下晒恩愛啊？那個美女也是你的女人嗎？」

「嗯，艾莉絲。雖然也發生過剛才那段故事，不過這位是在我痛苦的時候很照顧我的佐爾達特先生。」

說完這句話，艾莉絲依舊雙臂環胸，瞪著佐爾達特。

「我是艾莉絲。」

「喔……噢，我叫佐爾達特……呃？艾莉絲？不就是導致你變成那個的女人嗎？」

「啊~……我來說明……」

我把和莎拉提過的說明再重複了一次。

話雖如此，比和莎拉說明還來得輕鬆。

「哦……算了，你好就好……」

然而，佐爾達特的反應卻比和莎拉說這件事時沉重。

佐爾達特稍稍面露難色，狠狠地瞪著艾莉絲。

「當時的這傢伙真的很不妙耶。甚至還差點就自殺了。妳啊，是了解這些事情才回到這傢伙身邊的嗎？」

我還以為艾莉絲的毛髮瞬間倒豎起來。

我情急之下挺起身子，準備制止艾莉絲。我打算在保護佐爾達特的同時，說「好啦好啦，佐爾達特先生也沒有惡意」。

但是，艾莉絲卻在那之前轉過身子，從集團室飛奔而出。

「哎呀……我說得太過火了嗎……」

佐爾達特將手放在額頭，順勢撥起頭髮。

然後望向我。

「你沒告訴她嗎？」

「咦？」

「就是說，當時的你究竟有多糟糕。」

「我想應該有告訴她。」

話雖如此，至今並沒有人知道當時的我，除了佐爾達特以外，想必也沒有人知道我曾被逼到那種地步。

艾莉絲可能也從希露菲那邊聽說了我處於什麼樣的狀況，而我也簡單地告訴過她，但聽到了解當時狀況的人親口敘述，或許是第一次。

以艾莉絲的立場來看，感覺就像是重新確認了自己的罪孽有多沉重。

我與其說已經不會在意，頂多只覺得那不過是在幸福的現狀之前，所發生的一場不幸意外。畢竟現在已經毫無節操地做著該做的事。

「那麼，我稍微去安慰她一下。」

「哦……再見啦泥沼！可別忘記我如果失去一條手臂，你要給我工作的事啊！」

「好的。不過，請別把命都丟了喔。」

「那當然啦，你以為自己在跟誰說話啊！」

希望等年紀更大時，也能像這樣不客氣地聊天。

我這樣心想，離開了集團室。

我把手放在通往外面的門時，後面突然有聲音傳來。

「啊，對了，我雖然不知道卡爾曼的去向啦！不過好幾年前我因為傭兵的工作而去的地方啊——」

他接著說出的情報，對於尋找基斯或是打倒人神都沒有必要。

可是，對我與艾莉絲而言，卻是非常重要的訊息。

★ ★ ★

偶然遇見的兩名舊識。

仔細一想，在菲托亞領地與艾莉絲道別後也已經將近十年了嗎？

當時根本沒想到後來會在做這種事……畢竟我光自己的事就已自顧不暇。

與艾莉絲兩個人前往紛爭地帶，尋找北神。該回去的家裡，也有妻子與小孩。

只不過，並非都是好事。出現了人神這樣的敵人，而且還有基斯這個不知道算是朋友、後輩，還是該歸類於恩人的傢伙也與我為敵。

順便說一下，總覺得艾莉絲也很消沉。

我找到時，她在城鎮角落，仰躺在有些斜度的坡道，望著天空。

她在想什麼呢……仔細想想，在菲托亞領地的羅亞那段時期，感覺她一有事情不順心，就會躺在馬廄裡的乾草堆上，像這樣眺望著天空。

「……」

如同以前做過的，我立刻坐在她旁邊，然後艾莉絲輕輕地握住了我的手。

「我……對魯迪烏斯做了很過分的事。」

「沒有那麼誇張。」

「可是，我第一次知道你打算自殺。」

「那個……比較像是喝醉後一時說了氣話。」

「希露菲知道嗎？」

「應該不知道吧？」

自殺這件事算是突發事件，不僅立刻被阻止，後來我也沒再想過，所以我應該沒說得這麼仔細。

好啦，我該怎麼安慰艾莉絲呢？

如果只是要她別放在心上，她會老實接受嗎？

應該沒辦法。

「……什麼啦？」

「沒有，我只是在想要是沒有在菲托亞領地與艾莉絲分別，也不會遇見他們。」

「…………對不起。」

「我不是希望妳道歉。莎拉與佐爾達特先生都是很善解人意的好人吧？我只是想說因為認識了那樣的人，所以也不盡然都是壞事。」

我在艾莉絲握住的手緊緊用力。

我認為艾莉絲也變了。以前的艾莉絲，不會像這樣讓我看到明顯脆弱的一面。不過，或許是因為對象是我才會表現出來。

「艾莉絲也知道，我現在很有精神，而且也生了孩子，那都是往事了。」

「……是嗎？」

我揉搓艾莉絲的手後，她突然用力將我拉過去。

回過神來，我已經被挺起上半身的艾莉絲揪住肩膀，深情一吻。

怎麼啦？雖然我的確是屬於妳的……但這裡是戶外，而且還是大白天耶？

可是居然冷不防就親我……這樣不是會害我從禁慾的魯迪烏斯進化成性慾的魯迪烏斯嗎？

「我不會再默默消失。絕對不會。」

「好。」

「因為希露菲也有凶過我。」

「嗯。」

我會一輩子跟著妳……

不是啦！冷靜點，不是少女魯迪烏斯登場的時候。

「我也會在許多方面都更加小心。」

「嗯。」

「好了，我們走吧。這次也撲了個空，等下次再……不，下次絕對要找到北神卡爾曼。」

此時，我突然注意到。

有好幾個男人從遠處看著我與艾莉絲。

是疑似傭兵，有著粗獷外表的一群男人。他們的視線朝著艾莉絲。

感覺不太到敵意。看起來也不像知道艾莉絲是劍王而打算挑戰她。

該不會和在劍之聖地時相同，想拜託她對練嗎？

「……有事嗎？」

若是因為我們在公眾場合打情罵俏而生氣該怎麼辦？我這樣心想並出聲詢問。

「喔，不是，我們並不是打算找麻煩。」

我也沒有那個打算，不過，一直看著的對象特地主動搭話，自然會這樣想。

「我們馬爾齊淵之民信仰的神，流傳著一則故事……」

「哦。可以問一下是什麼神嗎？」

「森之女神列奴。是有著野獸姿態的戰神。」

列奴嗎？沒聽過這個名字。

說到野獸姿態的神，算是獸族那邊的信仰吧？

不過，我是不清楚為什麼這一帶會信仰獸族的神明。

……說到獸族，基列奴與那個神明的名字很相像。

女神是與基列奴距離最遙遠的單字……不過這個世界也有許多人會幫孩子取名為神或是偉人的名字，基列奴或許也是因為這個緣由而被命名。就以好幾代前的聖獸名字幫她取名字吧，之類。

「列奴是個在尋找紅髮女性的女神，根據傳說，只要將紅髮女性曾出現的事情告訴她，她就會呼喚幸運與勝利。」

「原來如此。」

想說他們為什麼不時盯著艾莉絲，原來是有這種理由啊……

既然這樣，只要與紅髮女性在一起就能一輩子不愁吃穿，或是死後能前往英靈殿之類，可能也有那樣的傳說吧。

「所以我們才會看著她……一直盯著看，不好意思。」

「不會不會。」

男子們這樣說完便離開了。

「好啦，雖說這次也撲了個空，但回去前我想繞去一個地方，可以嗎？」

「沒關係。」

「好，那我們走吧。」

我握著艾莉絲的手挺起身子，朝向鎮外走去。

我們花了點時間才找到那個場所。

畢竟只聽佐爾達特提過，而他也沒把握正確的場所。

而且國家的名稱改變，連國境線也會產生變化。

原本我打算找個幾天，要是找不到就放棄。

之所以能找到是因為運氣好，或者是以前有一次曾聽基列奴說過那個場所的風景……不管怎麼樣，偶然在很近的地方。

那個場所，位於有些隆起的丘陵半山腰的樹木根部。

地面上，插著兩塊以腐朽的木板組合而成的物品。

其中一塊已經壞了。不清楚是被某人破壞拿來生火，或者是因為做法粗糙，無法抵擋風雨所致……

想必是某個笨拙的人拚命製作的，一般來說，會將那個稱為「墳墓」。

壞掉的木板上寫著「爾達」。看不見前後文字。

而沒有壞掉的木板。

上面這樣寫著。

「菲利普．伯雷亞斯．格雷拉特」。

恐怕壞掉的板木板原本是寫著「希爾達．伯雷亞斯．格雷拉特」吧。

字很拙劣。線條很抖。可以說是很醜的字。

可是，我知道寫下這個的是什麼樣的人。所以，她在寫下名字時，一定不想承認這兩個人真的死了吧。她肯定很難受。如今的我，可以理解她當時沉重的悲傷及鬱悶的心情。

甚至，也可以感受到她「幸好有學會寫字」的心情。

「……父親大人與母親大人，就是死在這裡的啊。」

「嗯。好像是這樣。」

幾年前，菲利普與希爾達轉移到了原本存在於此處的國家。出現在紛爭地帶的阿斯拉貴族。為何而來？是怎麼來的？他們什麼都回答不出來，被懷疑是間諜。

菲利普是個能言善道的男人。

他壞心眼，腦袋也動得很快，在政治上的應對也絕不算笨拙。

所以，他一定有想過要設法脫離窘境。

可是，他在轉移的當下肯定就已經無計可施。

既不知道轉移的理由，也無法證明自己的身分。

不清楚這個國家的情勢。不了解誰是重要人物。不僅如此，就連國名也不得而知。

在這種狀況下，一個男人，背後有必須保護的妻子，沒有任何人的幫助，到底能夠做到什麼……

像我與艾莉絲，要是沒有瑞傑路德出手相救，而且人神沒告訴我要相信瑞傑路德的話，說不定也會走上與他們相似的命運。

如果是與菲利普類似的案例，其實莉莉雅與愛夏也相當危險。

其他也死了許多人。

轉移的當下，有許多人根本就束手無策。

現在回頭想想，那起轉移事件是一場嚴重的災害。當時認為這裡是異世界，這種事情也是有可能發生的，但後來從未再發生過相同規模的災害，從這點來思考，確實是前所未有的嚴重災害。

「父親大人肯定很懊悔吧。」

「是啊。」

「要是他還活著，看到現在的我們會怎麼想？」

艾莉絲一直望著墳墓的方向。

我站在她身後，看著她的背影做出回答。

「應該會為我們開心吧。」

菲利普充滿雄心壯志。

他打算把我和艾莉絲湊合在一起，站上伯雷亞斯的頂點。假如當時沒有發生轉移事件，我可能已經被他巧妙拉攏，演變成那樣的狀況。

因為我與希露菲有約。就算我說要和她一起去魔法大學，也肯定會被他巧妙拉攏。像是被他導向將希露菲納為第二夫人的方向之類。不過，後來是否能實際奪得政權就不得而知了……

「也對……」

我現在的立場，某種意義上與菲利普的理想未來很接近。

是國王陛下的恩人，發言夠分量，在阿斯拉貴族中也吃得開，而且不須承擔太多責任。

假如，菲利普還活著的話……

若他其實是轉移到異世界，經過了十年的時間，現在才回來的話……

勢必會以我的立場為墊腳石接近愛麗兒，而最後會當上顧問之類，得到最符合菲利普風格，能在背地裡暗中活躍的立場吧。

「母親大人肯定也會為我們開心吧？」

「當然。」

自己的兒子遭到伯雷亞斯當家帶走，在希爾達內心留下了巨大的遺憾。甚至會對毫無關聯的我投以惡意。

儘管最後對我敞開了心胸，但之後沒過多久，沒什麼對話的機會就發生轉移事件，從此再也無法見面。

而這樣的我與艾莉絲結婚，還生下了小孩。亞爾斯。是個男孩子。對希爾達來說是孫子。

希爾達一定會非常疼愛亞爾斯。

想必會待他如同自己想親手扶養長大的兒子那般，從各個角度去關懷他。

因為希爾達也有像貴族的一面，感覺會對希露菲與洛琪希的孩子有差別待遇，在許多事情上起爭執……不對，反過來說，她也是阿斯拉王國的貴族，或許也能理解重婚這件事。搞不好還會對艾莉絲說：「現在的妳雖然是第三夫人，但只要毒殺上面的兩人就是第一夫人了」……不對，再怎麼樣也不會說那種話吧。哈哈，因為我心裡認為希爾達這個人很可怕，想像的畫面才會有偏見。

不管怎麼樣，她肯定會為我們開心。這點毋庸置疑。

「……」

「……」

寂靜的時間，維持了好一陣子。

艾莉絲肯定也想起了待在菲托亞領地的羅亞那段日子的往事吧。

仔細想想，艾莉絲是一路不停地衝到這裡。從魔大陸回到菲托亞領地，然後直接前往劍之聖地修行，後來生下小孩開始養育，同時立場上變得像是我的護衛，陪我四處奔波。

這樣的她，會有想起待在菲托亞領地的往日時光，沉浸在感傷的時間嗎？

「……」

「等等，你在做什麼啊？」

看到我唐突地翻挖墳墓，艾莉絲驚慌地如此詢問。

「我想說移動一下墳墓。因為在這邊實在有點寂寞。」

「啊……也對。我來幫忙。」

雖然用土魔術可以輕鬆挖起，但我與艾莉絲卻用手挖掘堅硬的地面，從土裡面找到兩具骷髏，我們仔細用水清洗後，再用帶來的布包住。

「那麼，我們走吧。」

「知道了。」

艾莉絲這樣說完，挺起身子。

墳墓最好還是選在阿斯拉王國。雖說葬在夏利亞掃墓比較方便，但對菲利普而言，還是住習慣的地方更好。菲托亞領地……因為目前還在發展當中，甚至還沒有回到昔日的光景，還是選首都亞爾斯吧。嗯？最好是挑與那邊的伯雷亞斯家有關的墓地。

「魯迪烏斯。」

「？」

「謝謝你帶我來這裡。」

「嗯。」

艾莉絲坦率道謝，我也老實地以點頭回應。

後來，我與艾莉絲繞去阿斯拉王國，埋葬了菲利普與希爾達。

找路克商量哪裡較好之後，他介紹了某個場所。

那裡是與伯雷亞斯有關的墓地，但因為一些原因，是與其他伯雷亞斯隔離的墓地。

儘管是不太為人所知的墓地，但這裡是前任國王在十年前祕密製作，路克好像也是直到最近才知曉這個墓地的存在。

該墓地的墓碑上這樣寫著：

「勇猛的獅子，在此長眠」。

這段文字具體上是指誰，絕對不會有任何人提及。

或許是因為守墓人也被交待要三緘其口，就算有人詢問那是誰的墳墓，也絕不會回答。

只不過，我自然而然地想像得到。包含路克為什麼會帶我來到這裡。

所以，我將菲利普與希爾達葬進那個墓地。

然後與艾莉絲兩個人，說還會再來後雙手合十，離開了現場。

造訪劍之聖地，在紛爭地帶搜索北神卡爾曼三世，兩邊都以失敗告終。

不僅連續兩次任務失敗，而且最後還誇張地繞了遠路。

這下或許會被訓斥一頓。

奧爾斯帝德一拉繩子，我的腳邊就會砰！咻～噗唰！

……算了，這次也是沒辦法。

儘管劍神不在是意料之外，但事先已預想過見不到北神的可能性。

這兩個人以戰力來說想必十分強大，然而甚至沒能見上一面，使得無力感愈發強烈，不過與奧爾斯帝德所知道的輪迴相差愈大，愈有可能發生這種事。

之後，還去了菲利普與希爾達的墳前……這件事就乖乖被罵吧。

說來也沒錯，明明目的是去找北神卡爾曼，但卻比找他花了更久的時間。

「我回來了。奧爾斯帝德大人，很遺憾，劍神與北神……」

「唔。」

當我一踏進房間，奧爾斯帝德就擺出了可怕表情。

那是震怒的表情。果然是因為繞了遠路……不對，他並沒有生氣。只是表情嚇人。

不過，我很在意奧爾斯帝德在看的東西。

那裡規律地擺著石頭。看起來很像墓碑的那個，是我設置在各處的通訊石板。石板底下各別寫著設置的場所名稱。

不過，前往阿斯拉王國、米里斯及王龍王國那陣子倒還好，但或許是因為在魔大陸到處移動，莫名增加了不少。

這樣看來不像社長室，根本是伺服器機房。

「看這個。」

隨著簡短的一句話同時移動的奧爾斯帝德，他視線的前方向著某一點。

其中一塊石板發出微弱的光芒。

對應的石板，是阿托菲的要塞。

上面寫的文字很簡潔。

「逮到了奇希莉卡・奇希里斯。」

第十話「第二只」

魔大陸加斯羅地區，涅克羅斯要塞。

魔大陸最堅不可摧的要塞深處。那名罪人，就關在鮮少使用的地牢裡面。

「……咕嚕嚕嚕嚕。」

那名罪人雙手被銬上手銬。腳上綁著鐵球，被穿上了藍白相間的條紋睡衣。

真是悽慘的模樣。

「咕嚕嚕嚕嚕嚕嚕。」

迴盪在地牢的呻吟，是從罪人的腹中深處所發出。

聽來不悅的那個聲音，可說是罪人認為目前狀態令人不快的鐵證。

不過，也可能只是肚子餓了。

「出來！」

突然，地牢的門被打開。

出現的是全身由漆黑鎧甲所包覆的兩名彪形大漢。他們讓罪人起身，帶到了牢房外面。

被拖著的鐵球一路發出沉重聲響。

然而罪人看起來卻不在意鐵球。看似意外孔武有力。

罪人在黑騎士的押解下，離開了地牢。

順著漫長走廊爬上階梯，罪人被帶到的場所是謁見之間。

「快過去！」

宛如要接受制裁那般，罪人被往前推，儘管走路搖搖晃晃，依舊被推到了紫色燭臺所包圍的圓形廣場。

抬頭仰望的前方，便是王座。

過去罪人也曾坐過的王座上，由魔王坐著。

「阿托菲……」

那人是身穿漆黑鎧甲的女性魔王。看到她的瞬間，罪人臉上頓時浮現怒色。

「……妳這是什麼意思！」

罪人大吼。來自腹中深處的吶喊。或許是因為肚內空無一物，聲音相當響亮。

「哼，我會跟隨比我強的傢伙！拉普拉斯那時如此，現在也是一樣！」

罪人面對的是魔王。

在魔大陸最令人畏懼的魔王，就像是突然改變態度那般睥睨罪人。

「可悲，死去的涅克羅斯會嘆氣的！」

「老爸說過，要我隨自己高興活下去！」

「那是因為妳是個聽不懂人話的蠢蛋！反正妳也只能隨自己喜歡才能活下去，所以才不想管妳的！」

「我才不是蠢蛋！」

魔王很是激動。然而罪人卻無視她的怒火。擺出不以為然的表情，用鼻子哼笑。

「妳是蠢蛋。妳從以前就是個大蠢蛋。妳自己也明白才對。一旦有人在眼前垂下魚餌，妳的破腦袋根本連想都不想就會咬上去。」

「不對！卡爾說過我很聰明！也說過我記憶力很好！」

「阿托菲，那個……」

罪人斬釘截鐵地說了。

對著魔王毫不避諱地說出——

那句不該說的話。

「只是哄哄妳罷了。」

「嗚嘎啊啊啊啊啊啊啊啊！」

魔王抓狂了。以怒髮衝冠的氣勢徹底抓狂。

周圍的黑鎧們雖然衝上來攔住，但立刻就被打飛。可是黑鎧們也不能輸，他們組成爭球陣形，確實地阻止了魔王。

魔王一邊揮舞著手，同時宣告罪人死刑。

「妳！死定了！我要殺了妳！讓妳再死一次！」

「咧——咧——！不甘心的話先學會算術再說啊。」

「嗚嘎啊啊啊啊啊！」

罪人進一步挑釁，魔王使出渾身解數撞開黑鎧。

「奇希莉卡大人，請別再說了！再繼續挑釁阿托菲大人對您也沒好處！」

「囉唆！明明是說要請吃好料的本宮才跟過來，竟然受到這樣的對待！不說到這個份上本宮怎能罷休！」

沒錯，罪人被陷阱所引誘，落入了圈套。

脫去自身特徵的黑鎧後，男子們對奇希莉卡說：「小姐，請妳吃好吃的東西，跟我們來一下吧。」以花言巧語哄騙，讓她落入了陷阱。

沒錯，她看到有人在眼前垂下魚餌，想都不想就隨便跟去，結果落入了陷阱！

就這樣，遭到爽約的罪人，也沒能獲得好吃的東西。

「更何況，你們直到現在都還沒說明為什麼把本宮捉來！本宮到底做了什麼！本宮什麼都……是說……本宮做了什麼壞事嗎？」

說到這裡，罪人開始忸忸怩怩地磨蹭雙手。

因為她想到太多自己做過的壞事。回頭想想，罪人染指壞事的次數，甚至多到讓她誤以為自己只做過壞事。

有人因此動怒也是無可奈何。

「哼！妳根本沒做過壞事！」

但是，魔王卻這樣一口篤定。

不過幾秒就收斂怒氣。因為魔王心知肚明，若是其他人倒另當別論，但面對眼前的罪人，就算生氣也沒多大意義。

「那麼，這又是為什麼！就算是妳，也沒有惹人厭到會對什麼都沒做的本宮做出這種事！妳會做出這種事情，要不是因為誤會不然就是被某人拐騙的時候……」

此時罪人猛然會意過來。

「這樣啊，妳又被某人騙了是嗎！」

「不對！我才沒有被騙！」

「被騙的人都是這樣說的。好！既然這樣，快把事情全部告訴本宮。現在還來得及，在妳犯下無可挽回的錯誤之前，由本宮出手相救。所以，還不快把這個手銬解開……！」

猛然將手銬舉向前面的罪人。

相較之下，魔王卻是若有所思地看著遙遠的另一端。

「互相欺騙得經過對話才能成立，但我們不同。我們戰鬥過。與彼此戰鬥。在那次交戰後，我承認了自己的敗北。」

「少騙人了！不服輸的妳怎麼可能老實承認自己輸了！」

「讓我願意認輸的男人……就是這傢伙！」

魔王指向的地方。

是一位……穿著老鼠色長袍的魔術師。

魔術師擺出低劣表情。看起來是至少有三名女人在伺候的那種下流表情。

或者說，那也有可能就是這名男子使出渾身解數的笑容。

「你……你是……魯本斯！」

「差一點。」

「確……確實，如果是你……以你的魔力總量，想必連阿托菲也……」

罪人因恐懼而渾身顫抖。

過去只見過兩次的人族魔術師。第一次見面時因為他那噁心的魔力總量而笑，第二次見面時，因為他能夠擊退魔王的魔力而笑。

第三次卻笑不出來。

面對征服阿托菲，命令她逮住自己的這個男人……怎麼笑得出來。

「呵呵……」

魔術師靜靜地俯視奇希莉卡，揚起嘴角露出賊笑。

「其實，我有個東西想獻給奇希莉卡大人……」

「什什什、什麼？要送我上西天嗎？」

「呵呵呵，是更棒的東西。」

魔術師臉上掛著充滿愉悅，不懷好意的笑容。

「本本……本宮才不會被騙！人族總是這樣！耍弄花言巧語打算陷害本宮！」

罪人雖然抵抗，如今卻已沒有退路。

她發出「哇哇哇」的顫抖聲音，按住瀕臨失禁邊緣的雙腿之間，同時驚慌失措地尋找逃生路線。

「就算看到這個，妳還能說這種話嗎？」

魔術師放下自己揹著的袋子，將手伸進裡面。

從那裡拿出來的，是黑色的箱子。

「咿……！」

從罪人喉嚨發出小聲慘叫。

漆黑的箱子！

光是想像如此漆黑的箱子裡面放著什麼，就令罪人的恐懼無限攀升。

裡面到底放了什麼？

為什麼是漆黑的箱子。不是黑色箱子，而是漆黑一片。裡面肯定放著非常令人無比害怕的東西！因為它很黑啊！

「只要收下這個，不管我說什麼妳應該都會言聽計從。」

「什……什麼……！」

箱子打開了。

裡面塞滿了有著拳頭大小的圓圈。

圓圈是黃色，但上面密密麻麻地沾滿了猶如黴菌般的白色物體。那令人害怕的形狀與危險的顏色，再加上飄散過來的甜美香氣，令罪人毛骨悚然。

「那……那是什麼……你打算拿那個，對本宮做什麼……！」

「呵呵，這個啊，就是要這樣。」

魔術師將其中一個拿在手上，靠近奇希莉卡的嘴邊。

同時，兩名黑騎士抓住罪人的肩膀，令她動彈不得。

「來，啊——」

「住……住手……住手……住手啊啊啊啊！」

★魯迪烏斯觀點★

魔界大帝奇希莉卡．奇希里斯，邊哭邊吃我帶來的甜甜圈。

「世界上居然有這麼好吃的東西，居然有這種東西……！」

使用從米里斯神聖國進口的新鮮雞蛋與砂糖製作的甜甜圈。

製作者是愛夏．格雷拉特。她好像是以前聽七星說過有這樣的食物，自學做出來的。我們家經常會做用到油的料理，所以收集材料很簡單。

「天啊……！本宮說不定就是為了與這個味道相遇才出生的……！」

許久不見的奇希莉卡心情看起來好像很差，不過現在似乎不要緊了。

這就是甜甜圈的魔力。

這個甜甜圈，在試吃時也給洛琪希吃過，效果非常顯著。

說不定我以前從來都沒看到露出那麼幸福表情的洛琪希。

我的話，沒辦法讓她露出那麼幸福的表情。不對，建立米里斯進口路線的人是我。所以可以說是我讓她露出那樣幸福的表情。

岳父、岳母，我讓洛琪希幸福嘍。用愛夏做的甜甜圈。

不管怎麼樣，甜甜圈似乎有讓魔族深陷不已的魔力。

「啊……」

然而魔力有限，魔法有次數限制。

奇希莉卡吃完十二個甜甜圈後，擺出了悲傷的表情。

「就只有這些……？」

「是的。」

「…………如果，你可以再拿多一些過來，本宮就能幫你實現任何願望喔？」

「我就是想聽到這句話。」

我說完這句話笑了之後，奇希莉卡擺出恍然大悟的表情，抱緊自己的身體。

「唔……果然是身體嗎……即使讓本宮吃到那麼美味的食物，本宮的身體依然屬於巴迪的……不過要是能吃到那麼美味的食物……唔！」

「我現在正在禁慾，所以不需要提出那種要求。」

「是這樣嗎……忍耐對身體不好喔？」

「就算不需要忍耐，我也會拜託妻子。」

「妻子？喔喔，這樣啊。你已經結婚了嗎？哎呀哎呀，人族的成長真是快啊……」

好啦，切入正題。

今天是為了問這件事而來的。

因為奇希莉卡會給請她吃飯的人獎賞，所以才特地麻煩愛夏幫我做甜甜圈。

「首先第一件事，我希望能用奇希莉卡大人力量，尋找一名叫基斯的男人。」

「噢，基斯啊……」

「是的，特徵是——」

我把基斯的具體特徵，以及寫在紙上疑似本名的那串文字告訴奇希莉卡。

「唔嗯唔嗯，好像在哪聽過這傢伙……等一下喔。」

奇希莉卡沒有擦拭嘴角，直接開始轉動眼球。

猶如柏青哥那般喀嚓喀嚓變化的眼球，在某個瞬間倏地停下。

是奇希莉卡的魔眼之一，「萬里眼」。

她用那玩意兒瞪視天空。用力皺起眉頭，同時開始望向某處。

「噢……唔……這個是……啊，看起來好好吃……」

不斷自言自語的奇希莉卡，東張西望地轉動視線。

然後，在某個時間點，奇希莉卡的眼球猛然停下。

「找到了。」

只在轉眼之間。

「北方大地的東側，畢黑利爾王國。他正在那邊的森林裡與某人說話……哎呀哎呀，臉長得一臉不懷好意啊……」

奇希莉卡發出咿嘻嘻的笑聲，同時將身體進一步往前探。

「本宮看看啊，跟他在說話的是……唔？」

突然，奇希莉卡的臉色一沉。

「看不見了。」

奇希莉卡擺出與剛才截然不同的認真表情，然後閉上眼睛。

她就像是要讓眼睛休息似的，閉著雙眼將臉朝向天空。

但是，過了一會兒，她緩緩睜開雙眼。

「這個感覺……這樣啊。你目前在對付的，是人神……對吧？」

與平常的感覺截然不同，渾身散發出一種判若兩人的冷靜氣息。

「是的。」

「既然在對付人神，換句話說，你現在跟隨著龍神吧？」

「……是。」

「唔嗯……」

奇希莉卡環起雙臂，收起下巴。擺出非常刻意的沉思姿勢。

幾秒後，她仰望天空。就像是在看著月亮。不過，現在是白天，晴空萬里。上頭只飄著雲朵。

「然後，阿托菲。妳跟隨了這個男人吧？」

「是啊。」

「這樣啊……這也是天命啊。」

她平常的搞怪氛圍蕩然無存。簡直就宛若賢者。

這是怎麼回事？難道甜甜圈跑進不對的地方了嗎……？

「奇希莉卡大人，您知道人神的事情嗎？」

「嗯。本宮與那傢伙有些過節……老實說，本宮以為不會再和他扯上關係。」

「過節……是嗎？」

「沒什麼大不了的。大約在區區四千兩百年前，本宮曾被他利用。本宮與巴迪被想殺死拉普拉斯的人神利用。」

四千兩百年前……？

喔喔，是第二次人魔大戰那時嗎？

「我記得，是鬥神與龍神的戰鬥對吧。」

「沒錯。為了保護本宮而穿上鬥神鎧的巴迪，與魔龍王拉普拉斯交手。」

「咦……是巴迪岡迪陛下？」

可以說是如今才揭露的衝擊性事實嗎？

意思是……鬥神的真正身分是巴迪岡迪嘍？

奧爾斯帝德沒告訴我這件事啊。

不過好像在哪聽過……啊，是藍道夫。

他說的原來是真的啊……那個大叔說的話實在很難判斷到底是不是真的。

「失去鬥神鎧也好一段時日了……不過，要是巴迪出現可要注意。因為那傢伙至今依然覺得人神對他有恩。說不定會與你為敵。」

「…………是。」

我並不想與那個開朗的魔王戰鬥。

可是，必須把他可能與我們為敵的事情記在腦海裡面嗎……

可以的話，我希望他早就忘記那份恩情，成為我的伙伴。

「不過，既然你都讓阿托菲站在你這邊，應該有辦法對付現在的巴迪，只是可以的話別殺了他。」

巴迪岡迪是阿托菲的弟弟，而且與奇希莉卡訂婚。

是自己人。魔族雖然胸襟豁達，但看到自己人被殺再怎麼說也不會坐視不管。

「我明白了。不過基本上，我不認為那個人會這麼輕易被殺。」

「嗯。因為纏人耐打，正是不死魔族的優點。」

奇希莉卡這樣說著，同時瞥向阿托菲。

阿托菲一臉得意。

但是，剛才那番話大概不是誇獎。

「接著就是……你稍微再靠過來一點。」

奇希莉卡向我招手。

我依這個要求靠近她。然後她將手靠到嘴邊。

是打算說悄悄話嗎？

「臉再過來一點。」

「怎麼了——」

「來嘍，我戳——」

奇希莉卡冷不防將手指插入我的左眼。

一陣劇烈痛楚襲來。

「咕嘰啊啊啊啊啊啊啊啊！」

我不禁想逃向後方，卻被奇希莉卡揪住頭髮，無法逃走。

我明明穿著魔導鎧（Magic armor）「二式改」，為什麼逃不了？

好痛，好痛！

啊，不對，這個是……應該不用逃也行？

「哦，肯老實了啊。」

我默默承受奇希莉卡這個行為。

會痛，大腦竄起劇烈疼痛。

手指突然插進眼睛，猛烈翻轉，但我知道這是在做什麼。

畢竟已經是第二次了。

「結束了。」

不久，奇希莉卡的手指啵一聲抽了出來。

殘留劇烈痛楚的眼睛，失明的感覺。

但我也很清楚，並沒有失去視力。

「請吃好料就得給一份謝禮，這是本宮自己的規則。」

「……」

「這是第二只眼睛。」

我一邊按著痛楚慢慢消退的眼睛，同時在奇希莉卡面前單膝跪地。

「本宮不會插手這場戰鬥，但是本宮與人神之間，也是有那～麼一點過節。所以，這是餞別禮。」

我把手鬆開。

視野重疊。簡直就像把手掌放在其中一邊的眼睛前面，映出了完全不同的景色。

感覺頭要痛起來了。

「千里眼。這是只能看到遠處的眼睛，但應該能派上用場。」

是千里眼啊。

我立刻閉起右眼，在左眼灌注魔力。與運用預知眼時相同的方式調節魔力，試著確認遠方。

從晉見之間往下看，是涅克羅斯要塞的入口。在那裡有名黑鎧脫下頭盔，搔了搔頭頂。

我進一步移動視線灌注魔力。

視野飛上天空。猶如無限擴大的照相機那般不斷地往前飛。

看得見環形山。環形山中央有個城鎮。

但是，我無法看到城鎮整體面貌。

我試圖看向更遠的場所，灌注魔力。

但是，卻在山上停下。

儘管看得見山上石頭的細微紋路、打著呵欠的大王陸龜（Great Tortoise），但也到此為止。

看來要是直線上有障礙物，視線就會被擋在那邊。

我不再注入魔力，視野立刻回到原本的場所。

只是能看見遠處而已。

儘管說不上特別強力，使用起來也感覺不太方便，但似乎用途廣泛。

「如果是現在的你，同時運用兩只魔眼也沒問題吧。」

「謝謝您。」

我坦率道謝。

「嗯。那麼，魯迪烏斯啊！要是有事情傷腦筋再來拜託本宮吧！如果是與人神無關的事情自然會幫你！」

奇希莉卡猛然解開手銬，以手刀輕鬆砍斷綁在腳上的鎖鏈。

再來又啪的一聲脫下藍白相間的睡衣，現出原本的皮衣。

然後，她猛然一躍。

「再會啦！喝————噗！」

奇希莉卡以臉部著地。

因為阿托菲緊緊地抓住她的腳。

「等等。」

「做什麼！為什麼要打斷本宮超帥氣的退場畫面！」

鼻子不斷流出鼻血的奇希莉卡狠狠瞪視阿托菲。

阿托菲絲毫不感到愧疚，低頭看著奇希莉卡。

「也聽聽我的願望。」

「什麼？突然捉住本宮而且還把本宮關進牢房的傢伙，憑怎麼要本宮聽她的請求！把手放開，噓，噓。」

奇希莉卡邊擦著鼻血邊用手趕走阿托菲。

但是，阿托菲卻無視這個舉動，揪住了奇希莉卡的胸口。

皮衣被直接拉長，奇希莉卡窮酸的胸部前端一覽無遺。

喔喔！

不，禁慾的魯迪烏斯不會受到這種誘惑……唔！

「告訴我亞爾與亞歷的下落。魯迪烏斯需要強者對吧？如果是他們應該足以勝任。」

「咦——本宮剛剛才告訴魯迪烏斯……而且還提供特別服務贈送了魔眼……不能再繼續優待了。」

亞爾與亞歷。

記得這是北神二世與三世的暱稱？只有親密的人才會這樣稱呼他們。

我有跟阿托菲說過我曾找過他們卻沒找到嗎？但仔細想想，阿托菲是他們兩人的親人，她只是自己想問嗎？

「告訴我。」

「才──不──要──」

然而，奇希莉卡感覺不打算告訴她。

雖說知道了基斯的下落，但不知道他在盤算些什麼，現在哪怕得稍微強人所難，也應該要增加伙伴。畢竟伙伴是愈多愈好。

（嗯，強人所難……？）

對了。我有這個。

我想起了套在自己指頭上，那只不祥骷髏戒指的存在。

是藍道夫的戒指。

「奇希莉卡大人，奇希莉卡大人，請看這個。」

「喔？那是什麼？總覺得好像在哪見過，是在哪啊……令人有不祥的預感。」

「是『藍道夫的請求』。」

「唔……是藍道夫嗎！想起來了！這是那傢伙的戒指！」

奇希莉卡的反應非常激動。

具體來說，她的臉色瞬間鐵青。

「這樣啊這樣啊，是那傢伙的願望啊……畢竟本宮曾受過那傢伙關照，真的受了他很大的照顧……只是為什麼那傢伙每次照顧本宮之後，都會笑著說：『到時再給我回禮就行了，到時。嘻呼呼呼呼』啊……每當看到那個笑臉，就不知道會被要求什麼，令人毛骨悚然……」

「這樣就扯平了吧。」

「是嗎！說得也是！那麼，等等啊！」

奇希莉卡再度將眼睛轉向天空。

搜尋時間僅僅只有幾秒。

實在是方便的搜索引擎。

「找不到亞爾。本宮認為是在阿斯拉，但要不是在魔力濃度有點高的地方，就是用了封印魔眼吧，看得很不清楚。亞歷走在道路上……他前進的方向，應該是畢黑利爾王國吧？」

「是嗎？那正好。魯迪烏斯，要是你會去畢黑利爾王國，就去找名叫亞歷山大的男人吧。他應該會助你一臂之力。」

「我明白了。」

北神卡爾曼三世要去畢黑利爾王國？

去基斯的所在處？

是偶然……嗎？

不，人神那傢伙應該也知道奇希莉卡會找到基斯。

也就是說這是陷阱。嗯，是陷阱。

「好，行了吧？本宮要走嘍？腳沒事，腰沒事，肩膀沒事，沒被任何人抓住吧？那麼，再會啦！呼——哈哈哈哈哈！呼——哈哈哈哈哈！呼——哈呼——哈呼——哈——哈——！」

當我正在煩惱，阿托菲環起雙臂站著時，奇希莉卡從背後放聲高笑，留下都卜勒效應的聲音慢慢遠去。

原來她是故意被捉住的嗎？

依舊是個猶如暴風雨般的人物。

總而言之。

我掌握了基斯的所在處，並得到了「千里眼」。

我與阿托菲道別，回到了夏利亞。

基斯的所在處已經敗露。

但與此同時，得到的情報指出「七大列強」之一的「北神卡爾曼三世」也正在前往該處。

不論劍神還是北神卡爾曼二世都不見蹤影。

事情到了這地步，只有不好的預感。

好啦，該怎麼辦？

可以的話，希望能一邊消滅敵人一邊增加伙伴，但萬一基斯察覺到我的動靜，肯定會立刻逃走。

如果不逃，就是因為他已經籌備好戰力，該逃走的反而是我們這邊。

唔——……

果然還是得先去偵查。

之後再阻斷他們的退路，配置戰力，確實將敵人逼到絕境。

奇希莉卡離開實在很可惜。

因為要是有她在，就能知道更詳細的狀況。

她是方便的搜索引擎，有沒有辦法永遠養在身邊呢？像是做個甜甜圈工廠，將卸貨平台設為奇希莉卡的巢穴之類。

我一路上這樣胡思亂想，回到了自宅。

「喔，歡迎回來喵。」

「正好回來了的說。」

眼前是難得一見的兩人。

莉妮亞與普露塞娜。
她們兩個以旁若無人的態度坐在我家客廳的沙發。
不對，這樣說並不正確。
旁若無人地坐著的是艾莉絲。
莉妮亞與普露塞娜將頭靠在艾莉絲的大腿上，任她撫摸耳根部位。是完全服從的狀態。說是後宮也不為過。
「歡迎回來。」
「我回來了。」
艾莉絲就算看到我也沒有停下手的動作，持續撫摸。
「老大，有事情報告喵。」
「而且是好消息的說。」
兩個人儘管嘴上這樣說，卻沒有起身。
而是以喉嚨發出非常舒服的沉吟。看來已經完全被馴服了。
「給你的說。」
普露塞娜維持躺著的姿勢，將一封信遞給我。
態度真差……算了沒關係。
「東方傳來了報告喵。『找到了與那個人偶有著一模一樣的綠髮，額頭上有寶石的魔

族——斯佩路德族』……那就是那份報告書喵。」

「喔喔！終於嗎！」

我接下信並閱讀內容。

上面寫著簡潔的發現報告與當時的狀況。

據說某國的商人與一名男子做了交易。

那男子拿著尖端纏著布條的白色棍棒，頭上戴著護額。

儘管身上穿了厚重長袍，還刻意壓低兜帽，但是在強風吹過時隱約可見的頭髮是綠色，長袍底下穿著與人偶相同的民族服裝，

據說他行動時就像是在避開別人的視線，還去購買了藥物。

儘管不清楚購入的藥品為何，但外表酷似瑞傑路德。

「……咦？」

我看到這裡，將視線停在最後一行文字。

「發現場所：畢黑利爾王國，從第二都市伊雷爾往西邊半天路程。地龍之谷森林附近的村落。」

畢黑利爾王國。

既然一天聽到三次，我再怎麼遲鈍也會明白。

「是嗎……」

基斯、北神卡爾曼三世，以及瑞傑路德。

到這個地步，不可能是偶然。

畢黑利爾王國確實將發生某件事。不，是基斯打算引起某件事。

這封信，說不定是基斯的陷阱。

他以瑞傑路德為擋箭牌，還是說，難道瑞傑路德也變成了敵人？

這點我不得而知……但是，有件事我很確定。

既然瑞傑路德可能面臨危險，我就要去。非去不可。

準備期間結束。

決戰的時刻到來了。

閒話「基斯與最後的伙伴」

魔大陸某處。比耶寇亞地區某個城鎮的鎮長之館。我就在這裡的中庭。

充滿在周遭的是濃厚的酒味，還有一群喝得酩酊大醉，上半身赤裸的男人。

而那個打赤膊，像是老大的傢伙就在我的面前。

對我來說，那名人物雖然很親近，卻是高高在上的存在。

畢竟我知道名字，也曾從遠處看過。可是一次也沒有和他扯上關係，甚至連對話也不曾有過。

可是他確實在世界的某處做些什麼。

就是那樣的存在。

儘管最近總是遇見那類人物，但這次雙腳依舊顫抖不已。

「呼哈哈哈哈！呼哈哈！呼哈！呼哈！呼哈——哈哈哈！」

那傢伙心情大好地喝著酒。

以六條手臂拿起巨大酒桶，就這樣一飲而盡。

這種喝法就像是在表示味道什麼的根本不重要，可以說酒很令人同情。

「參見陛下。」

我走到前面這樣說道，那傢伙便將喝乾的酒桶扔向遠方，然後看向我。

「呼哈哈哈，你好啊！」

那傢伙只回了這句招呼，便將視線從我身上移開。

「好，再拿下一桶酒來！你們釀的酒味道雖然差強人意，卻喝不膩！釀造得非常出色！呼哈哈哈哈！」

想必他對我絲毫不感興趣吧。

可是，我知道這傢伙多少會有興趣的單字。這傢伙聽到的時候，無法忽視的單字。

「你知道人神嗎？」

笑聲停止了。

視線回到我身上。

「……你是在哪聽說那個名字？」

「和你一樣，在夢中。」

「原來如此！那麼你就去拉諾亞王國的魔法大學吧！因為與人神關係匪淺的人就在那裡！呼哈哈哈！」

是指前輩吧。

也對，如果我與人神扯上關係，而且為此所苦，去前輩那邊想必是正確選擇。我也會這樣

建議別人。

「不，我要找的是你。」

「什麼？」

「我現在跟隨人神，正在與龍神戰鬥。麻煩你幫個忙。」

「哦……」

我可以察覺到他的氣息改變了。

從笑容轉為嚴肅表情。無論何時都會笑著的這個男人，身上愉快的氣息產生了變化。

「那麼，就告訴你一件事吧。算是吾給你的建議。」

「我洗耳恭聽。」

「跟隨人神，總有一天會親自毀了自己重要的事物。趁現在抽身才是明智之舉。」

「是啊，因為遵照人神的建議，害我毀滅了故鄉。」

「……毀滅了故鄉？嗯？儘管如此，你卻依舊服從人神？」

「是啊。」

看人的眼光真奇怪啊，他是這個意思吧。

現在我正被他以看著珍禽異物的眼神看著。這感覺真爽。

「那麼，你親手毀滅了自己的故鄉，都沒有任何感覺嗎？」

「怎麼可能，我大受打擊啊。該怎麼說，到了為時已晚，束手無策的時候，我才第一次明白，自己的故鄉並沒有那麼討人厭。當時我才理解即使是像人渣一樣的親兄弟，我也不希望他們就這樣死去。後悔自己怎麼會幹下這種事，有好幾天都沒辦法站起來。」

回頭想想，那是在我接受人神的建議出外旅行，過了幾年後發生的事。

我記得，那是在與保羅他們相遇之前吧？我是名冒險者，正為錢所苦。

人神的建議，只是將某個情報告訴某個男人。

與往常的建議來說顯得更為具體，真要分類的話，他的講法算是請求，我記得自己對此稍稍有些懷疑。

只不過，照他說的去做後，收到情報的那名男子給了我一大筆錢。

說是一大筆錢，頂多是以當時的我為基準。大約一個月左右都不用工作也能生活的錢。

我很滿足。

拿著那筆錢直接前往酒館，請在場的所有人喝酒，自己也喝到像是用酒淋浴一樣。

可是，就在隔天。

隔天，我才知道自己交出去的情報，觸碰了某個魔王的逆鱗。

儘管是溫和的魔王，但任誰都有不想被其他人知道的祕密。

我所交出去的情報，似乎正是那個祕密。

然後，魔王好像只知道洩漏這個情報的是奴卡族。

所以他前去奴卡族的部落，將待在部落的奴卡族趕盡殺絕。

毫不留情。無論是男女老少，都一視同仁殺得片甲不留。

然後，魔王也死了。

我所洩漏的情報，似乎是殺死那個魔王的關鍵方法，從我這邊買走情報的男人後來又將情報賣給別人，魔王就是被那人所殺。

只有我活了下來。

我很受打擊。我哭喊叫喚，也為此後悔。想說為什麼會幹下這種事。為什麼要相信那種傢伙。

當時，人神說了什麼？

記得他當時嘲諷我，恥笑我。

「很過分吧。不僅大費周章地讓我留下最難受的回憶，甚至還落井下石。」

「結果你依舊支持人神……是嗎……呼哈哈哈哈！真是有趣的傢伙！」

「對吧？我常被這麼說。」

應該沒有像我一樣被推入不幸的萬丈深淵，卻依舊站在人神這邊的傢伙吧。

魯迪烏斯也是如此，這個男人也是如此。

「不過，我認為你也是個有趣的傢伙。」

「哦哦？」

可是，從我掌握的情報聽來，我認為這傢伙應該有點不一樣。

我覺得他跟我應該是同一種人。

「我雖然也沒有聽到詳細經過，不過……你啊，有喜歡的女人吧？」

「嗯！她現在是吾的未婚妻！」

「不過，要把你的心意告訴自己喜歡的女人，你以前一個人應該是辦不到的吧？」

「唔嗯。」

「之所以能順利，都是託人神的福吧？你已經向祂道謝了嗎？」

「……呼嗯。聽你這樣一說，確實……這樣一講吾並沒有回禮！」

「既然這樣，作為當時的回禮，幫我一把應該不算過分吧？沒錯吧？」

說實話，我認為自己哪怕被當場捏爛也沒什麼好奇怪。

這個男人真要分類，算是魯迪烏斯那邊的人。

我想這傢伙肯定明白。接受人神的建議展開行動，因此導致重要事物遭到踐踏的人有何心情。

不過與此同時，他應該也能了解我的心情。

重要事物受到踐踏，不過唯獨自己認為真正重要的事物沒被奪走，像我這種人的心情。

因為，這傢伙在被人神欺騙的人當中，是唯一還活著的。

因為他成功得到了啊。

得到自己最重要的事物。

「你說的確實沒錯！吾有義務助人神一臂之力！」

「對吧？」

「但吾拒絕！」

「為什麼啊！」

「因為你啊！」

我不禁這樣大叫後，卻被手指指著。四隻手，四根手指同時指著我。

「呼哈哈哈哈！要是因為被人挖出過去，再加上幾句片面之詞就被拉攏為伙伴，可是會愧對魔王之名啊！」

「……」

喔喔，這樣啊。話說起來，所謂的不死魔族，就是這樣的一群人。

由於長生不老，會很在意契約或是面子問題之類，總之很堅持自己的規則。

「吾是不死身魔王巴迪岡迪！要是想拉攏吾為伙伴，就打倒吾再說吧！」

沒錯，這傢伙是不死身魔王巴迪岡迪。授予智慧的魔王。

由於不死魔王阿托菲拉托菲是授予力量的魔王，因此只要展示自己的力量，就能令她臣服於自己。

相對的，要是不把智慧展現給這傢伙，就無法令他俯首稱臣，據說是這樣。

「好啊，如果是要比智慧，我多少也有勝算。」

「比智慧？呼哈哈哈哈！你在說什麼蠢話！靠那種事情來決定又有什麼意義！」

「什麼？」

這樣就糟了。論打架我根本沒勝算。應該要帶其他人過來才對嗎……？

「魔王陛下把我這樣貧弱的傢伙痛揍一頓，高呼勝利，這樣能保有魔王的名譽嗎？」

「怎麼可能，吾當然不這麼想！所謂魔王，總是會給予能成為勇者之人機會。」

「……好吧，那怎麼個比法？」

「是這個。」

這樣說完，那傢伙拿出的……是酒桶。

「從外表看來，你也是相當了得的酒豪！」

「嗯，我是喜歡喝酒沒錯。」

比酒量……是嗎？

老實說，我並不是那麼擅長喝酒。可能比塔爾韓德喜歡沒錯，但酒量並沒有好到哪去。

話雖如此……

看起來，巴迪岡迪身旁落著超過十桶空酒桶。

巴迪岡迪滿臉通紅，看起來已經完全喝醉。

將這點也計算進去……不，別被騙了。這傢伙是不死魔族，不管看起來有多麼醉，他的容量也是無窮無盡，沒有極限。拚酒量根本沒理由會贏。

「怎麼？害怕了是嗎？難道，你的原則是只比贏得了的比試？」

「不，我的原則是不比贏不了的比試。」

「魯迪烏斯・格雷拉特可不一樣。他面對吾時一步也沒有退讓。他放聲大笑，突然轟出了帝級魔術。不過，當然是吾贏了就是！呼哈哈哈哈！」

「別把我和前輩相提並論啊。我跟前輩不同，就是少了那個叫才能的東西。」

「哼。贏不了的比試就不比那算什麼？才能又算什麼？你以為當時的魯迪烏斯・格雷拉特那麼有自信嗎？你以為那傢伙打從心底相信自己的才能，投身到每一次的戰鬥嗎？」

聽他這樣一說，我想起了轉移迷宮。

前輩他……嗯，是比我要來得有自信沒錯，但即使如此，也有好幾個場面可以感覺到他的表情藏不住內心的不安。

然後在最後失敗，差點成了廢人。

到頭來是由洛琪希用強硬的手段讓他重新振作，後來好像也設法好轉起來……不過保羅的死肯定依然在他心裡揮之不去。

與奧爾斯帝德戰鬥時也是，他應該沒想過自己能贏。因為對一隻九頭龍就嚇得唉唉叫的傢伙，得去挑戰感覺能單手殺死九頭龍的傢伙。

「你自己也很清楚吧？只是在安全地帶穿針引線，也是有贏不了的戰役。有時哪怕得讓自己的生命陷入險境，也必須要放手一搏。」

「……」

「吾很明白。正因為從前不懂這個道理才會淪落到失去一切，而且在那次反省之後，才會像這樣鍛鍊身體，大口喝酒，結交了眾多朋友！呼哈哈哈哈！真想讓你們也看看從前弱不禁風的吾啊！」

授予智慧的魔王是什麼樣的魔王，我也只是從人神那聽說一點情報。

不過，有件事是明擺著的事實。

對魔王來說，契約是絕對的。

只不過是拚酒量的對決。

然而，只要贏下這場對決，這傢伙就會遵守約定。

成為人神的屬下。成為我的手腳。

那個不死身的魔王巴迪岡迪，從前曾經與龍神戰鬥，並將其打倒的男人，將會服從沒有任何名聲，只是聽從人神的建議，從別人的人生中得到施捨的基斯．努卡迪亞的命令。

「……我知道啦。」

如果是揍個你死我活的打架，我連萬分之一的勝算也沒有。

可是，既然不是打架，應該不至於沒有勝算。

「就來比一場吧！我會擊垮你的，魔王陛下！」

「呼哈哈哈哈！說得好！儘管放馬過來！」

「可別忘記那句話啊。」

「好啦各位，盡量拿過來！」

對決成立，周圍歡聲雷動。

「好，猴子臉！給他點顏色瞧瞧！」

「明明是外地人卻很有骨氣嘛。」

「就算你是猴子，對方可是簸箕啊！小心點！」（註：日文中「猴子」與「簸箕」的發音只差一個濁音，簸箕是當作篩子的農具，比喻酒喝再多也不會醉）

我在這群男人的引導下，就戰鬥位置。

仔細一看，地上已經躺了好幾個挑戰巴迪岡迪的人，可以用屍橫遍野來形容。

那麼，巴迪岡迪應該也喝了不少才對……我有勝算……嗎……？

「來，首先是第一杯。」

杯子遞到我眼前。

拳頭大小的木製杯子裡，倒滿了透明的黃金色酒。

「乾杯！」

「乾杯！」

第一杯。總之很輕易地一飲而盡。

嗯。是非常順口的酒。甚至讓我湧起這種酒來再多也喝得下的感覺。

然而並不是這樣，倒下的男人以數量告訴我這個事實。

「呵呵，每個傢伙都是愚蠢之徒。居然想跟不死身魔王的吾比拚酒量。」

「以前曾經有人贏過你嗎？」

「有！」

此時第二杯遞了過來。

我們互碰依然裝得滿滿的杯子乾杯，一口氣喝下。

「噗哈……可以問一下名字嗎？」

「那還用說！是魔界大帝奇希莉卡．奇希里斯！」

「那應該不算吧。」

「呼哈哈哈哈哈哈哈哈哈！贏就是贏，輸就是輸！」

魔界大帝奇希莉卡．奇希里斯，是不死身魔王巴迪岡迪的未婚妻。

在第二次人魔大戰時，他們是主僕關係。既然這樣，巴迪岡迪也很有可能是考量到彼此地位，才將勝利讓給奇希莉卡。

「可是，關於那次勝負，確實是奇希莉卡贏了。吾不會故意落敗。以魔王之名發誓！呼哈哈哈哈！」

第三杯。還可以繼續。

「意思是，你在認真比試輸了？」

「嗯。可是啊，基斯。努卡迪亞最後的倖存者。」

「你為什麼，會知道我是誰？」

「呼哈哈哈！自己的領民，而且還是最近才毀滅的種族，吾自然記得一清二楚！」

第四杯。還很好喝。

「基斯．努卡迪亞。你認為所謂的認真比試是什麼？」

「就算你問我是什麼，那當然就像是你剛才說的，不會故意輸掉，也不會放水，直到明確比出輸贏之前都要持續比下去的對決吧？」

「唔嗯。正是如此！」

第五杯擺在眼前。

我收下了酒杯。還可以。我還行。

「然而，所謂的勝利總是很不明確。你不這樣認為嗎？」

「是啊。畢竟在這世上有許多人明明輸了，卻到處炫耀自己是贏的一方。」

「呼哈哈哈！你很明白嘛！」

第六杯。

感覺到視線角落開始天旋地轉。

可是我還撐得住。還喝得下去。我才不會醉倒，不要緊。

「你再思考一次。對你而言所謂的勝利為何？」

「……勝利～？」

不妙。這酒很不妙。雖然順口，讓人能一鼓作氣喝下，但以濃度來說，比阿斯拉的葡萄酒高上許多。更像是拉諾亞的火酒，至少很接近礦坑族的酒。因為味道很好害我沒注意到，這是以讓人在一瞬間醉倒為目的所釀的酒。不該是照這種步調來喝的酒。

先冷靜一下，降低速度，再這樣下去會輸。

我不能輸。即使沒有勝算，我也不能在這邊結束。

「唔嗯，正是。你大可仔～細想想。」

想想？要我想想？

是要想什麼啊？

勝利，勝利……勝利是什麼？對我而言的勝利。要做什麼，我才會贏？

拚酒把巴迪岡迪灌倒？不對，我並不是想做這種事。

應該有更明確的理由。讓我跟他在這比酒量的理由。

「來，第八杯。」

我想不起自己是何時喝完了第七杯。

可是，我開始明白了。簡而言之呢，這是在比智慧。這個魔王陛下，用拐彎抹角的方式，要我在醉倒之前，找到能說服他的理由。

他的意思不是要將他灌倒，重要的是讓他承認自己的敗北。

所以，讓他承認敗北的提示，可能就散落在對話的各個地方。以這些提示為基準，找出適當的話語，猜中他的想法。是這樣的遊戲。

哈，我怎麼可能記得住他講過哪些話啊。還讓我猛灌這麼烈的酒，是在跟我開玩笑嗎？

「你是打算讓我在你掌心上跳舞嗎？啊？」

「呼哈哈哈哈！吾掌心很大，想必可以跳得很盡興吧！」

「誰會在那種站臺上跳舞啊。要跳舞的是你。而且是在我掌心上！」

第九杯。

「說得好！不過，你已經搖搖晃晃了不是嗎！」

「囉唆！」

接下第十杯時，我的手在顫抖。

我有預感，一旦喝下這杯自己肯定會吐。

然而，我的手卻沒有停下。因為我不能停下。雖然我沒有理由，但要是在這裡收手，就贏不了魯迪烏斯，我是這樣想的。

「唔噗……」

一口氣上湧。

胃無法承受累積的酒，開始收縮。

腦開始天旋地轉，我縮起下巴試圖壓抑這種感覺，然而它卻通過喉嚨，在整個嘴巴累積某種酸酸的東西。儘管我閉起嘴巴，卻流入了鼻子。不快感一口氣衝上大腦。

「嗚嘔噁噁噁噁噁噁噁！」

吐了。

沒有固態物體。混雜著胃液與酒的液體在地面擴散。

酸臭味瀰漫四周，在旁歡呼看著比試的男子們儘管皺起眉頭，卻依舊發出喝采。

他們在讚揚魔王的勝利。

「呼哈哈哈哈！分出勝負了！」

我趴在地上，一邊從嘴裡滴滴答答地流出唾液，同時凝視地面。

好噁心。全身都很不舒服。包括內心也都覺得噁心。

我……我完全輸了。完全就是個喪家之犬。

「……」

抬頭望去，眼前是六隻手的魔王。

他威風八面地站著，同時拿著酒杯低頭望著這邊。臉上掛著勝利的得意表情。

我移開視線。不相信自己輸了。明明沒有勝利的道理，卻在內心某處認為自己能贏。認為比酒量的話還有辦法。

那就是，我的……

此時，我看見眼前的一個東西。

「唔？」

我將那玩意兒拿在手上，重新坐好。然後一語不發地拿起那玩意兒。

拿起不知不覺間準備好的，第十一杯酒……

「吐了就輸的規則，是誰決定的？」

巴迪岡迪一瞬間愣住，然後立刻咧嘴一笑重新坐好。

「沒人這麼決定！」

第二回合開始了。

★ ★ ★

我不記得自己喝了幾杯。

也不記得吐了幾次。

畢竟從途中開始，每喝一杯就吐一次，根本是邊吐邊喝。

身體老早就到了極限，我也對這點心知肚明。

意識一直很朦朧，視野模糊，記憶斷斷續續。說得出口的話盡是呻吟。

只是將端出來的酒，機械式地喝下的行為。

之所以沒有昏迷，我認為搞不好是發生某種奇蹟。

「喔……啊……」

「呼哈哈哈哈！呼哈哈！呼哈哈哈！呼哈——哈哈哈哈哈哈！」

在意識的另一側聽見了巴迪岡迪的笑聲。可是，從途中開始就聽不見在旁圍觀的那群人的聲音。簡直就像置身夢境。

奇怪？為什麼巴迪岡迪那傢伙倒下了？

不對，倒下的人……是我嗎？

「魔王陛下，再這樣下去這男人會死的。」

「唔嗯……吾並不認為這個男人會做到這種地步……」

「該如何處理？」

「幫他解毒，讓他睡在那邊就好。」

「意思是，這場對決……？」

「呼哈哈哈！如此的膽小鬼都豁出性命，那麼吾也不得不承認敗北！所謂勇者，並不是只有實力強大之人！呼哈哈哈哈！」

聽到巴迪岡迪這樣說，我的意識也同時沉入了黑暗。

★★★

這是個好機會。來聊聊一件往事吧。

那是誤以為自己很聰明的男子的故事。

嗯，他是這麼誤會的。畢竟周圍的人盡是蠢蛋。

不論同事，還是以力量無法勝過的姊姊，甚至是值得敬愛的帝王，無論是誰都缺乏智慧。

處在這個環境中的男子，認為自己聰明絕頂。

實際上與其他人相較之下，男子確實很聰明。

儘管吾等種族基本上只會生出蠢材，但男子一出生就擁有智慧。

他理解事情道理，可以率先猜到他人思考，擅長找到針對問題的解決方法。

幾萬年一遇的奇才，父親大人是這樣稱呼，甚至還幫他取了個智慧魔王的別名。

正因為這樣，男子才會誤以為自己很聰明。

嗯？什麼？只要他實際上很聰明，就不算誤會？呼哈哈哈！沒錯，沒錯，那正是誤解！

仔細想想吧。縱使在一群蠢材之中多少有點腦袋，這樣真的能稱為聰明嗎？不能！反而是以為自己聰明，更彰顯他腦袋有多蠢！

好啦，回到話題上。

當時，人族與魔族正在戰爭。是人魔大戰。第二次的。

與後來的拉普拉斯戰役相較之下，這場戰爭猶如兒戲。像吾等這種長壽的魔族很慢條斯理，侵攻也是不急不徐，即使在關鍵戰役中拿下勝利，也會給人族時間重振旗鼓。因為所有的

魔族都覺得只要在最後打贏就好。

男子在魔王軍中擔任作戰參謀的地位。

男子看到現狀後不禁感嘆。再這樣下去不行，若是真的想贏，應該更猛烈進攻，攻陷所有要地……他是這樣認為。當然，沒有任何人聽他說話。畢竟他們都是些不懂事情道理的蠢蛋！呼哈哈哈哈！

——然而，某一天。

真的只能說是某一天。沒有任何前兆，不對，或許真的發生了什麼狀況，但男子畢竟也是蠢材，根本無從知曉。

從某天起，男子呢，會開始作夢。

男人所作的夢，會出現一名人物。雖說是人物，但不清楚是男是女。也沒留下記憶。

那個人簡直就像是夢境一樣。

夢裡的人物自稱「人神」。

如字面所述，是人的神。

男子詢問，神是來殺害身為魔族的自己嗎？

那傢伙說：「我可是神喔。生存在這世界的一切都像我的孩子。所以我沒想過要殺你。只不過看你很努力，打算幫你一把。」

那傢伙簡直莫名其妙。

男子感到可疑，那傢伙卻是給了簡單的建議後就消失了。是很微不足道的建議。他吩咐男子將部下帶往加爾高遺跡，就算少數成員也行。

當時的男子也相當耿直，他知道某位魔王正在加爾高遺跡駐軍。儘管沒有什麼危險，他抱著姑且照做的想法，帶著部下前往該處。

到了後著實令他吃驚。加爾高遺跡居然正處於戰鬥，而且魔族還居於劣勢。

對於人族而言，男人的出現在他們的預料之外。儘管男人的部下絕不算多，但對瓦解人族軍隊起了相當大的作用。

於是，男子因為拯救了可說是魔王軍中心人物的魔王，得到了發言權。

後來事情便一帆風順。

男子靠著天生的聰明才智，在背地裡操控魔王軍。以堪稱急速的步調，支配了人族領域，將當時曾是獸族的種族迎為魔族，拉攏海族，逐步拓展支配區域。

人族滅絕可說是時間的問題。

男子感謝神。這樣一來，就可以幫偉大的父親報仇雪恨。

但是，願望並沒有成真。

當時的事情，依舊記得一清二楚。

男子訂定的作戰很完美。嗯，現在回想起來也沒有絲毫的破綻。呼哈哈，話雖如此，其實也只能想起一部分罷了！想起來的頂多是作戰很完美，以及要是那個作戰成功，就能搭建通往

阿斯拉王國的橋頭堡，人族將會完全無處可逃，幾乎能確定魔族的勝利。

然而，如此重要的作戰卻以失敗告終。

可是，事情實在奇怪。

我軍不論質還是量都勝過對方。不僅如此，就連覺悟也遠在人族之上才是。人族恐怕沒有理解那場戰鬥的重要性，正因為如此，當時打算攻打的堡壘也是人手不足。因此男子才會對這點深信不疑，將戰力送往該處。

然而，卻輸了。

送過去的士兵遭到趕盡殺絕。

嗯，趕盡殺絕。就連用全軍覆沒來這種溫吞的話來表達都顯得客氣。無一倖存。

男子看到戰場的痕跡後顫慄不已。

數以萬計的士兵，一個個遭到擊潰。

是出了什麼狀況，才會導致那樣的殺戮發生，完全沒有頭緒。

唯一知道的，就是那次慘劇幾乎是由一名人類所親手造成。

因為所有屍體，幾乎都是類似的死法。

男子理解了，看樣子在人族當中，誕生了一個超乎常理的怪物。

是勇者。

因為男子曾聽聞第一次人魔大戰時，勇者也是像這樣出現，以壓倒性的力量驅逐魔族，所以他立刻就明白了。

從那之後，不管做什麼都不順利。

男子所訂定的作戰，統統遭到勇者妨礙，被徹底擊潰。

一切都怪那名勇者……唔，你問吾為什麼知道？哎呀，因為並非所有戰場的士兵都遭到趕盡殺絕，我們這邊也蒐集了情報。

到頭來掌握的，就是人族似乎也不明白那名勇者的存在究竟是什麼。

他穿著黃金鎧甲，出現在戰場後便能帶領人族贏得勝利。只不過是那樣的存在。

人稱「黃金騎士阿爾德巴朗」。

阿爾德巴朗以堪稱壓倒性的力量顛覆戰況，令人族急起直追。

實在沒道理。男子無論如何絞盡腦汁，制定的作戰有多麼深謀遠慮，依舊會臣服在壓倒性的力量面前。

儘管名為第二次人魔大戰，但實際上那場大戰，即使解釋為魔族對阿爾德巴朗也不為過。

更何況，那傢伙從途中開始甚至不穿鎧甲就能扭轉戰局。

於是魔族贏不了阿爾德巴朗。男子後來在所有關鍵戰場是屢戰屢敗。

就這樣，人族軍隊攻進了魔族最後的堡壘，奇希莉卡城。

當時男子充滿責任感，認為之所以會陷入窘境都要怪自己。失去一群勇猛的魔王，身為最強魔王之一的姊姊遭到封印，至今所占領的領土遭到奪走，全都是自己的錯。真是個不自量力

的男人。

現在回頭想想，輸給那樣的對手，根本不需要負起責任。要是與其他魔王相同，二話不說逃之夭夭，或是在鄉下地方隱姓埋名生活就好。無論男子肩負多麼沉重的責任感，事到如今已無濟於事。

魔族軍隊瓦解，所有魔族領域都遭到人族奪走也只是時間的問題。

當時，男子認為最愚蠢，最無可救藥的女人這樣說道：

「不是你的錯。再來就交給本宮吧。」

那是他必須敬愛的帝王。自由且奔放，隨心所欲活著的女人。

當時，男人雖然在表面上討厭那個女人，呼哈！其實內心被她迷得神魂顛倒。為什麼男子要作為智慧魔王擔任作戰參謀？都是為了討那女人歡心啊！

最後的最後，男子察覺到這件事。

然後他向神祈禱。

請務必拯救那個女人，拯救吾等魔族。若是為了這個目的，吾什麼都肯做。

那傢伙在那天晚上出現了。

他在夢裡現身。模樣分不清是男是女，不會留在記憶裡的那傢伙，臉上掛著笑容，彷彿是在路上遇見舊識那般，舉起一隻手。

「嗨。」

男子當然感到疑問，為什麼這傢伙，人族的神……會現身回應身為魔族的自己的願望？

就像是要回答男子這個疑問似的，那傢伙說：

「阿爾德巴朗呢，是邪惡的鬥神。我也很傷腦筋呢。再這樣下去，你重要的女王陛下將會被殺，魔族也會毀滅。」

事到如今仔細一想，這番話滿是漏洞。為什麼魔族毀滅，人類的神會感到困擾……

然而男子被逼到了絕境。他抱著死馬當活馬醫的心態。

「吾該怎麼做才好？」

聽到男子的回答，人神笑了。臉上掛著那下流的笑容。

「別緊張，只要照我說的去做就行了。」

於是男子踏上了旅程。

男子當時身體虛弱，骨瘦如柴，與現在的他根本無法聯想，但好歹也是不死魔族，他不眠不休地持續行走。在人族的軍隊中穿梭，跨越十座以上的森林，橫渡五條以上的河川，攀上三座以上的山丘，來到如今已不復存在的迷宮深處，首先找到了那個。

那是紫色的小瓶子。

那原本可能是某種藥物或其他東西，如今因為迷宮的魔力使得性質產生變化。

「那是封印魔眼的靈藥。只要喝下那個，魔眼就無法再映出你的身影。」

說不定，那是有別於阿爾德巴朗的人族勇者，必須得到的東西。

可說是能對魔族首腦，魔界大帝奇希莉卡・奇希里斯發揮特效的靈藥。

一旦喝下，到死為止都能持續發揮作用的藥水，男子一飲而盡。

然後男子再次奔波。

他這次穿越深不見底的峽谷，通過吹著暴風雪的原野，登上世界最高的山峰……

然後，他找到了。

黃金鎧甲。

從頭頂到腳底都是金碧輝煌，儘管如此卻不覺得品味惡劣，充滿了誘惑目視此物之人的力量……是套不祥的鎧甲。

這樣的鎧甲像是被特意藏起來那般，封印在險峻群山的山裡。

「是能給予穿上它的人無敵力量的鎧甲。」

再次強調，男子是個蠢蛋。

他沒有考慮到為什麼鎧甲會遭到封印，又是為什麼被隱藏起來。

居然還敢自稱智慧魔王，實在可笑。稱為愚昧魔王反而更為恰當。

男子依照人神的吩咐，解開封印。

儘管封印很複雜，但對於自稱智慧魔王的男子來說，要解除並不困難。

男子解開封印，穿上鎧甲……一切都遭到剝奪。

確實，鎧甲擁有力量。

源源不絕的魔力令鎧甲萌生自我意識。

然而，男子一開始並沒感覺到那股意識。

男子一心陶醉在鎧甲滿溢的力量，他確信這樣一來，能打贏那個阿爾德巴朗。一定能殺死阿爾德巴朗，並將人族趕盡殺絕。

唔嗯，從那時開始，已經變得有點不正常了。

不管怎麼樣，本應與戰爭無緣的這名男子，在鬥爭心的驅使下，猶如疾風般奔馳。

他從最高的山一躍而下，飛越山谷、暴風雪、三座以上的山、五條以上的河川以及十座以上的森林，打垮人族軍隊，回到心愛女人的身邊。

趕上了，他是這樣認為。

因為女人還活著。

儘管因戰鬥而遍體鱗傷，陷入眼看就要遭到殺害的局面，但她依然活著。

而與女人戰鬥的對象……唔嗯，稍微有點難解釋，但這傢伙並非阿爾德巴朗。

實際上說是阿爾德巴朗也沒問題，但並不是他。因為名為阿爾德巴朗的人族，在最初的戰役出現的黃金騎士，當時應該就已經死了。

在那裡的是——龍神拉普拉斯。

或者說，是被稱為魔龍神拉普拉斯的男人。

男子也知道他的存在。

龍神拉普拉斯，在深山過著隱居生活，偶爾會下山來到村落，教導人們武術，舉止溫柔穩重，被不死魔族流傳著「絕對別對這男人出手」的男人……不過也只有這點程度的知識。

那樣的人不知為何打算殺害女人。

如果是平常的男子，想必會思考他的理由，詢問他的理由。了解之後再說服拉普拉斯，設法避免戰鬥。

但是，男子卻遭到鬥爭心所支配。他看到女人受傷的瞬間，怒不可遏。

他發出自出生以來從未有過的怒吼，襲向拉普拉斯。

至於拉普拉斯，他很震驚。這也是當然。因為他不明白，為何那人身穿絕不會被找到的鎧甲出現在此。而且那傢伙甚至沒有映在魔眼上面。

然而即使如此，魔龍神之名也絕非浪得虛名。

唯一倖存的古代龍族之王，傳說中甚至提到絕不可對此人出手。

如果是男子原本的力量，想必只消幾秒便會命喪黃泉。

實際上，最初的一擊就打斷了男子的雙手，砍下了他的脖子。

要是男子沒有穿上鎧甲，恐怕戰鬥已在此時結束。

如果男子不是不死魔族，恐怕戰鬥已在此時結束。

但是，男子是身穿鎧甲的不死魔族。

男子從殘留的肉片瞬間再生，鎧甲也自動修復。

鎧甲強迫有一半失去意識的男子行動，繼續戰鬥。

堪稱激戰。

若是拉普拉斯有誤算，便是他沒料到自己所製作的鎧甲，居然除了自己所選擇的人以外也能使用。

男子雖然沒有戰鬥手段，但鎧甲能夠鍊成各式各樣的武器，模仿各式各樣的武術，徹底分析戰況，從破千的奧義當中選擇最適合的招式擊發。

各式各式的奧義。

當然，其中也包含了魔龍神拉普拉斯耗費長年歲月所練就的技巧。

著實諷刺。

儘管不明白拉普拉斯是抱著何種想法練就這樣的技巧，但那套技巧能對拉普拉斯本身造成致命傷。

拉普拉斯裂成兩半。

男子打倒了世界最強的對手，保護了心愛的女人。

實在了不起！簡直就是美滿結局！呼哈哈哈哈！

……雖然想這樣說，但故事並未到此結束。

因為——因為男子還在行動。

意識遭到鎧甲侵占，化為任由鬥爭心所支配的怪物。

男子取回意識時，他手上的劍貫穿了女人的心臟。

他不明白為何會取回意識。或許是因為女人擠出最後的力量做了什麼，亦或是男子因為犯下無可挽回的過錯而大受打擊，才使得意識恢復。

然而一切都為時已晚。

因為，男子用自己的手，殺死了心愛的女人。

「啊……啊……」

他說不出話。

因為他認為至少要保護這個人。

「呼……哈哈哈……」

然而女人卻不同。

她笑了。在瀕死之際，遭到信賴的人背叛，依舊笑了。

「你依然是……皺著一張臉，啊……真是無趣的傢伙……笑啊。」

「咦……」

「無論何時……總之，就笑吧……」

「可是，我對您做出……」

「沒關係沒關係……你太過認真了……愁眉苦臉……把自己關在房間，滴酒不沾，覺也不睡，這樣有什麼樂趣……你要大聲歡笑，去抱個女人也好……」

「不需要女人……因為，我一直仰慕著您……！」

「呼哈哈……什麼？那麼你得當個更有趣的男人給本宮見識……這樣一來，本宮就與你結婚……」

「是……是……我會努力……」

「那麼，來世，你就是我的未婚夫了……呼哈哈、呼哈……」

女人在最後笑了。

笑得豪爽有力。

「呼——哈哈哈哈哈！呼——哈，呼——哈，呼——哈哈哈哈哈哈哈哈哈哈！」

在那陣笑聲的圍繞下，男子與女人被光芒所包圍，死去。

唔嗯，你看起來一臉疑惑，搞不懂為何會突然被光包圍是吧？

其實，是因為拉普拉斯那傢伙爆炸了。

不愧是長年以來只憑著使命感而活的男人，拉普拉斯那傢伙，早就做好自己喪命時的準備。

性命垂危的拉普拉斯事先準備了在自己死時分散因子，並在經歷長年歲月後復活的法術。

不過，這才是人神的策略。

由鎧甲所釋放的奧義，導致那套法術不夠完全。

拉普拉斯裂成兩半，法術也只剩一半，原本應該會在死時使出的驚人魔力失去方向，所以才會失控，引起爆炸。

不死身的拉普拉斯死了。

不過，實際上雖然是分成兩半，各自以魔神及技神的名號自稱，但由於被稱為魔龍神拉普拉斯的存在已經消失，說是死了也不為過。

好啦，雖說死了，故事的男子是不死魔族，儘管得經過些許歲月，但依舊會復活。

在等待復活的期間，他失去意識，同時作了個淺夢。

在夢裡的，是人神。

「呼呼、哈哈、哈哈哈哈哈！」

人神笑了。笑得像笨蛋一樣。

「什——麼智慧魔王啊！你在我的掌心上跳舞，甚至被我陷害，殺了自己喜歡的女人！根本就是個腦袋空空的提線木偶嘛！」

人神早就知道。

只要得到那副鎧甲，與拉普拉斯戰鬥，意識就會遭到剝奪，男子會親手對自己心愛的女人下手。

他在明白一切的情況下取得男子的信任，操控了他。

「啊——不過玩幾次都好開心啊。看到像你現在這樣的蠢臉……實在太棒了。我就是想看到這副表情！」

人神狠狠嘲笑了男子一會兒，羞辱他，瞧不起他。

「再見啦。雖然應該不會再見面了，但你可要長命百歲啊。愚蠢的魔王陛下。」

他說完這句話後就消失了。

「你希望吾如此愚蠢的魔王陛下，助你一臂之力嗎？」

在空無一物的世界，男子如是說。

「嗯。哎呀，可是啊，你與其他人不同，是不死魔族，那女人現在也還活著，很享受現在的生活對吧？我認為你大可不需要那麼記恨吧？」

「有道理，但下次或許不論男女雙方都會遭到消滅。」

「沒有這回事啦。我真的很傷腦筋。我跟你道歉，你就幫幫我嘛。求求你。」

要說他是男人還是女人，甚至形容年輕還是年邁都沒辦法。不留在記憶中的神，說完這句話後低下頭。

「唔嗯。」

這個舉動可以說很輕浮。

可以說幾乎感覺不到一絲誠意。

然而，確實是賠罪。以嘲笑他人為人生樂趣，與賠罪這個詞最為遙遠的生物，儘管會以欺騙他人感到驕傲，卻不像是會道歉的這個男人，所做出的賠罪動作。

那個人神，確實低頭了。

「要是吾不出手幫忙，你會有什麼下場？」

「我會被殺。不過是在遙遠的未來就是。」

男子開始思考。

自己確實遭到欺騙。

聽見建議提早侵攻人族的結果，喚醒了沉睡的獅子。被詛咒的鎧甲所囚禁，對最愛的女人動手。自己的忠義任人擺布，狠狠踐踏。對當時的人神來說，肯定早已看到所有未來。看到露出絕望表情，痛哭流涕得不像樣的自己。這傢伙確實是一臉有趣地嘲笑了自己。

理應是不可饒恕的。

引以為傲的魔王軍已不復存在。

男子已經不是魔王軍的作戰參謀，只是一介魔王。

「『他』那件事，我不是也幫過你嗎？」

「關於這點，吾心懷感激。」

「對吧？」

那個建議是經由其他人所傳達。

陌生人物所傳達的兩項情報，將男子導向他認為不錯的方向。

之後詢問那名陌生人物為何擁有這樣的情報，對方才說：「是在夢中的神明吩咐我這樣說的。」令他露出苦澀表情。

話雖如此，他對情報本身還是心懷感激。

拜此所賜，他才能拯救從前曾為領民的種族，以及那個種族的英雄。

英雄開心的表情，男子實在無法忘懷。

「所以啦，拜託你嘛。」

人神這樣說完，再次低頭。

「唔——嗯……」

男子陷入沉思。

雖說多少做了些好事，但他也做出無可饒恕的事，這個事實不會消失。

可是，該怎麼說，所謂的無可饒恕，真的就沒辦法原諒嗎？

若是其他人倒另當別論，但男子是不死魔族。女人……儘管當時並不知道，但她擁有不會那麼輕易死去的命運。兩個人都還活著。

當然，如果是以前的男子，肯定是二話不說拒絕。

反而會打算投靠敵方，一雪過去的怨恨。

但是，男子並非從前的男子。他變了。

為了將名為智慧魔王這種只會空口說白話的存在留給過去，他鍛鍊身體，放聲大笑，與女人相愛，飲酒大醉，不論身處何處都躺成大字入睡。成為了一個適合自己未婚妻的男人。

現在男子並非智慧魔王。不是那個軟弱，非得接受神的建議才能拯救一名女人的男人。

不死身魔王巴迪岡迪。

是聳立在舊奇希莉卡城的利卡里斯之王，比耶寇亞地區的王者。

不在意瑣碎小事，豪放磊落的魔王。

這樣的魔王，被一名沒有任何力量的弱小魔族挑戰，承認自己的敗北。而且，堪稱仇敵的對象甚至向他賠罪。

那麼，他肯定會這樣說。

「呼哈哈哈哈！好吧！既然你都說到這個份上，吾就助你一臂之力吧！」

「真的嗎？耶——幫了大忙！」

就這樣，巴迪岡迪成為了人神的使徒。

★　★　★

「所以，你打算如何戰鬥？敵人是？」

「敵人是龍神奧爾斯帝德。」

「哦？」

「話是這樣說，但應該要打倒的是他的部下，魯迪烏斯・格雷拉特。」

「那個魔力驚為天人的小鬼嗎？」

巴迪岡迪只不過在魯迪烏斯身邊待了將近一年。

少年擁有超越那個魔神拉普拉斯的魔力，聽奇希莉卡提到後，令他湧起興致的存在。

他甚至認為要是那個拉普拉斯復活，自然有必要見他一面。

實際上只是個魔力多了些的小鬼。然而卻有令人感到不可思議的特質，但如果只是感到不可思議，與普通的少年並沒有兩樣。

「呼哈哈哈哈！原來那個小鬼，現在成了龍神的部下啊！到底是做了什麼，才會讓那個老愛板著一張臉，令人摸不著頭緒的男人收他為部下！有意思！」

「哎呀——我也完全搞不懂。」

「哼，嘴上這樣說，反正肯定是你欺騙了他，才害他化身復仇之鬼吧？」

「要說明這部分會有點麻煩……不過，你說得沒錯。」

「呼哈哈！根本是自作自受啊！」

男子痛快地笑了，就像是在報復以前的事情一樣。

人神對他的豪邁笑聲，擺出了相當厭煩的表情。然而男子成為手下的事實沒有改變，所以他也不得不消除心中的怒火。

「算了，沒關係。詳細作戰正由基斯規劃，簡而言之呢，就是與其他使徒協力，讓魯迪烏斯落入陷阱的感覺吧。」

「哦，不正大光明地從正面一戰嗎？」

「如果不須正面交戰就能贏，自然是再好不過。對吧？」

如果是曾為智慧魔王的這個男人，肯定會對這番話二話不說點頭。

然而，現在的男子是愚蠢的魔王。不死身魔王巴迪岡迪。

接下對手的一擊，撐過去後再以反擊打倒敵人的魔王。以魯迪烏斯的講法來說，算是摔角手的一種。

「吾不喜歡。」

「……也對，如果是現在的你肯定會這麼說。不過，你應該比任何人都來得明白吧？要是從正面挑戰，你是贏不了龍神的。」

「是這樣沒錯。」

「所以啦。接下來我打算要你去某個場所，把某個東西取回來。」

「……那該不會是得穿梭人族的軍隊，跨越十座以上的森林，橫渡五條以上的河川，攀上三座以上的山丘，穿越深不見底的峽谷，通過吹著暴風雪的原野，登上世界最高的山峰才到得了的地方吧？」

「不，當然不是。只要跨越一片海洋就行。」

人神在下一瞬間，笑了。

「不過，希望你去拿的，是你也很熟悉的東西。」

聽到這句話，巴迪岡迪理解該處沉睡著何物。

那東西對他而言，是一種禁忌。

但是要與龍神戰鬥，而且還想要將其打倒，那個自然是不可或缺。

「唔——嗯……算了，好吧！」

巴迪岡迪儘管煩惱了一瞬間，但立刻就點頭答應。

他是不死身的魔王巴迪岡迪。奇希莉卡·奇希里斯的未婚夫。並不是拘泥於瑣碎小事，屁眼狹窄的魔王。

他說過一旦輸了就會成為部下。

他接受道歉，說要助對方一臂之力。

對於魔王而言，契約就是絕對。儘管口頭上稱為絕對，但也會以撒謊或矇混的方式隨便敷衍。不管怎麼樣，既然說要助他一臂之力的對象，要他用那個去戰鬥，他自然會毫不猶豫地聽命行事。

「沒有其他建議嗎？」

「很遺憾，我的眼睛也是魔眼的一種，看不見喝下魔眼封印的你有何未來。」

「這樣啊這樣啊！那倒是一件好消息！畢竟要是能看見未來，人生就沒意思了！呼哈哈哈哈哈哈！」

巴迪岡迪感到愉快。

因為自己愈笑，那個人神臉上的表情就愈不愉快。

「我雖然看不見你的未來，但看得見其他男人的未來。那傢伙雖然比不上你，但也很聰明，是個了解無力之人該如何戰鬥的男人。你要聽他的指示。」

「呼哈哈哈哈，是那個猴子臉的矮冬瓜嗎！好吧，就讓吾成為那傢伙的手腳大展身手吧！」

「那麼，智慧魔王巴迪岡迪。」

「不對，如今的吾是愚蠢的魔王陛下，不死身魔王巴迪岡迪！」

「……那麼，不死身魔王巴迪岡迪啊……拜託你了。」

「交給吾吧！呼哈哈哈，呼哈哈哈哈，呼——哈哈哈哈哈哈哈哈哈哈！」

聽著自己笑聲的同時，巴迪岡迪感覺到視野慢慢染上一層雪白。

「呼哈——哈哈哈哈哈哈！」

巴迪岡迪滿足地看著一臉厭惡的人神，在意識消失之前都不斷笑著。

無職轉生

到了異世界就拿出真本事

異世界悠閒農家 1~7 待續

作者：內藤騎之介　插畫：やすも

五號村快速建設中！
成為代理村長的九尾狐陽子大大活躍!?

母狐狸陽子被命名為新建好的五號村負責人，氣勢勇猛地大大活躍。不僅迅速整頓五號村的環境，還設法處理預料外蜂擁而至的大量移民申請者。在這群人之中，來了一群非常無禮的精靈，然而他們的要求竟將五號村捲入意外之中……！

各 **NT$280~300/HK$93~100**

藥師少女的獨語 1~9 待續

作者：日向夏　插畫：しのとうこ

為學得一身紮實的醫術，
藥師少女將接受習醫資格的考驗!?

壬氏這輩子最大膽的行動，害得貓貓與他之間共有了一個祕密。為了傷勢不可外揚的壬氏，多次偷偷去看診的貓貓盡己所能地治療。但誰也不能保證壬氏今後不會受更多的傷。礙於醫官貼身女官的曖昧立場，貓貓無法學習醫術，於是決定向羅門學醫。豈料——

各 **NT$220~260/HK$75~87**

國家圖書館出版品預行編目資料

無職轉生：到了異世界就拿出真本事 / 理不尽な孫の手作；陳柏伸譯. -- 初版. -- 臺北市：臺灣角川, 2021.01-

冊； 公分. -- (Kadokawa fantastic novels)

譯自：無職転生：異世界行ったら本気だす

ISBN 978-986-524-172-8(第20冊：平裝). --
ISBN 978-986-524-338-8(第21冊：平裝). --
ISBN 978-986-524-541-2(第22冊：平裝). --
ISBN 978-986-524-725-6(第23冊：平裝)

861.57 109018305

Kadokawa
Fantastic
Novels

無職轉生～到了異世界就拿出真本事～ 23

（原著名：無職転生～異世界行ったら本気だす～ 23）

2021年8月11日 初版第1刷發行
2023年10月2日 初版第5刷發行

作　者：理不尽な孫の手
插　畫：シロタカ
譯　者：陳柏伸

發行人：岩崎剛人
總編輯：蔡佩芬
副總編輯：朱哲成
設計指導：陳晞叡
印　務：李明修（主任）、張加恩（主任）、張凱棋

發 行 所：台灣角川股份有限公司
地　址：104台北市中山區松江路223號3樓
電　話：（02）2515-3000
傳　真：（02）2515-0033
網　址：www.kadokawa.com.tw
劃撥帳戶：台灣角川股份有限公司
劃撥帳號：19487412
法律顧問：有澤法律事務所
製　版：巨茂科技印刷有限公司
ISBN：978-986-524-725-6
